벨킨 이야기 · 스페이드 여왕

Повести покойного Ивана Петровича Белкина · Пиковая дама

세계문학전집 62

벨킨 이야기 · 스페이드 여왕

Повести покойного Ивана Петровича Белкина · Пиковая дама

알렉산드르 푸시킨

최선 옮김

민음사

차례

고(故) 이반 페트로비치
벨킨의 이야기

고(故) 이반 페트로비치 벨킨의 이야기

> 프로스타코바 여사:
> 그럼요, 이보세요, 애는 어렸을 적부터
> 이야기를 정말 좋아했어요.
>
> 스코티닌:
> 미트로판은 날 닮았어.
>
> ──「미성년」[1]

간행자로부터

현금(現今) 일반 대중에게 소개되는 이반 페트로비치 벨킨이 쓴 이야기들의 출판 작업에 착수할 당시, 우리는 간략할망정 이제는 고인이 된 작가의 연보를 첨부하여 조국 문학 애호가들의 지당한 호기심을 부분적으로나마 충족시키기를 희망했습니다. 이를 위하여 우리는 이반 페트로비치 벨킨의 가장 가까운 친척이자 상속녀인 마랴 알렉세예브나 트라필리나에게 조회(照會)해 보려 했습니다만 유감스럽게도 그녀는 고인과 생면부지인 관계로 우리에게 고인에 관한 여하한 정보도 제공해 주지 못했습니다. 그녀는 우리에게 본 건에 관하여 이반 벨킨의 친구였던 존경할 만한 남자분에게 연락을 취해 보

---

1) 폰 비진(1745~1792)의 희극.

라고 조언하였습니다. 우리는 본 조언을 추종하여 우리의 서찰에 대해 우리가 희망하던 아래와 같은 회신을 수취했습니다. 여하한 첨삭, 수정이나 주석 없이 이 회신을 고결한 의사 표시와 감읍(感泣)할 만한 우정의 고귀한 기념물로서, 동시에 지극히 충분한 전기적 정보로서 게재하는 바입니다.

　친애하는 ○○○○ 씨

　금월 15일자, 소생의 진정한 친구이자 이웃 영주였던 고 이반 페트로비치 벨킨의 출생 및 사망 일자, 군 복무, 가정 형편, 또한 그의 업무 및 성품에 대해서 상세한 정보를 얻고 싶다는 희망을 피력하신 귀하의 보배로운 편지를 수취하는 영광을 금월 23일 득했나이다. 이러한 귀하의 희망에 지대한 만족을 느끼며 이를 이행하나니 이에 친애하는 귀하께 그와의 대화, 그리고 소생이 직접 관찰한 것 중에서 소생이 기억 가능한 것 전부를 송부하나이다.
　이반 페트로비치 벨킨은 1798년 고류히노 촌에서 명망 높은 가문의 고결한 양친으로부터 출생하였습니다. 고인이 된 그의 부친 소령보 표트르 이바노비치 벨킨은 트라필린 가문의 처녀 펠라게야 가브릴로브나와 결혼하였습니다. 작고한 그의 선친은 부유하지는 않았지만 절도 있는 사람이었고 가계 운영 부문에 있어서는 지극히 기민한 사람이었습니다. 그들의 아들은 시골 교회의 서기로부터 초등 교육을 받았습니다. 보이건대 그가 러시아 문학을 읽고 이 부문에 종사하기를 기꺼

위하게 된 것은 이 존경할 만한 남자분 덕택인 것 같습니다. 1815년 그는 보병 경기 연대로 입대하여 (부대 번호는 기억나지 않습니다) 1823년까지 줄곧 복무하였습니다. 거의 동시에 돌발한 양친의 사망으로 만부득이 그는 제대원을 내고 그의 세습 영지인 고류히노 촌으로 귀향해야만 하였습니다.

영지 관리에 들어가자 이반 페트로비치는 그의 미경험과 심약함의 연유로 단시일 내에 가계를 망치고 작고한 선친이 구축했던 엄격한 질서를 약화시켰습니다. 그는 농군들이 불만을 품었던 (농군들은 으레껏 불만을 품는 법이지만) 꼼꼼하고 민첩한 촌장을 해고하고 이야기 솜씨로 그의 신임을 획득한 늙은 가정부에게 촌의 관리를 일임하였습니다. 이 우둔한 노파는 50루블짜리 지폐와 25루블짜리 지폐조차 전혀 구별해 내지 못했습니다. 농군들은 그들 모두의 대모였던 그녀를 전혀 겁내지 않았습니다. 그들에 의해 선출된 촌장은 농군들과 한통속이 되어 사기를 치며 그들을 눈감아 주어 급기야 이반 페트로비치 벨킨은 부득이 부역을 폐지하고 지극히 절제된 소작료를 책정하지 않을 수 없었습니다. 그런데도 불구하고 농군들은 그의 유약함을 이용하여 첫해에는 현저한 감면을 승인받더니 그 다음해부터는 소작료의 삼분지 이 이상을 호도나 산딸기, 그리고 이와 유사한 것으로 지불하였습니다. 그런데도 체불이 허다하였습니다.

이반 페트로비치의 선친의 친우로서 소생은 고인의 아들에게도 충고를 해주는 것을 의무로 여겨서 수차에 걸쳐 그의 방심으로 해이해진 예전의 질서를 회복하도록 촉구하였습니다.

이를 위하여 소생이 한번은 마차를 타고 가서 그에게 장부들을 요구하고 사기꾼 촌장을 불러와서 이반 페트로비치의 면전에서 장부들을 검사하였습니다. 젊은 지주는 처음에는 가능한 모든 관심과 열성으로 소생을 따랐습니다. 그러나 계산해 본 결과 지난 두 해 동안 농노들의 수는 늘었는데도 영지의 가금(家禽) 숫자가 현저하게 감소한 것이 밝혀졌는데 이반 페트로비치는 앞의 정보에 만족하여 더 이상 소생의 말에 귀를 기울이지 않았고, 소생이 엄격한 수사와 심문으로 사기꾼 촌장 녀석을 궁지로 몰고 가서 그 녀석이 완전히 입을 다물게 될 수밖에 없었을 바로 그 순간, 지극히 유감스럽게도 소생은 이반 페트로비치가 의자에서 심하게 코 고는 소리를 들었습니다. 그 이후로 소생은 그의 가계 관리에 간섭지 아니했으며 그의 일을 (그 자신과 마찬가지로) 하느님의 관리에 맡겼습니다. 하지만 우리의 우정 어린 관계는 조금도 손상되지 아니했습니다. 왜냐하면 소생은 그의 유약함과 우리 나라의 젊은 귀족들이 공통적으로 보여주는 파멸적인 태만을 동정하여 이반 페트로비치를 진심으로 사랑하였기 때문입니다. 또한 그토록 온순하고 고결한 젊은이를 사랑하지 않는 것도 불가능했습니다. 이반 페트로비치 편에서도 소생의 일에 경의를 표해 주었고 심적으로 소생에게 의존하고 있었습니다. 임종 직전까지 그는 소생의 평범한 이야기를 소중히 여기며 생활 습관이나 사고 방식, 성격 면에서 대부분 전혀 상호 유사하지 않았음에도 불구하고 거의 매일 소생을 만났습니다.

이반 페트로비치는 매우 절도 있는 생활을 했고 도가 지나친 일이라면 모두 피했습니다. 소생은 그가 취해 있는 것을 한 번도 본 적이 없습니다. 우리 지방에서는 전대미문의 기적이라고 여길 만한 일입니다. 여성에 대해서는 지대한 인력을 느낀 것 같사오나 그는 실로 처녀처럼 부끄러움을 탔습니다. (쓸데없다고 여겨 우리가 게재하지 않는 일화가 편지의 이 부분에 씌어 있었습니다. 그러나 독자들에게 확언하는바, 그 일화는 이반 페트로비치 벨킨에 대한 기억을 해칠 만한 어떤 것도 포함하고 있지 않았습니다.—간행자의 주)

귀하가 편지에서 언급하신 이야기들 이외에도 이반 페트로비치는 많은 초고를 남겼는데 일부는 소생이 소장하고 있고 일부는 가정부에 의해서 제(諸) 가사잡용으로 사용되었습니다. 그러한 방식으로 지난 동절(冬節) 가정부가 사는 곁채의 모든 창문들이 그가 완성하지 못한 소설의 제1부로 도배되었습니다. 위에서 언급된 이야기들은 아마도 그의 첫번째 시도라고 여겨집니다. 이반 페트로비치가 말하던 바와 같이 그 이야기들은 대부분 실제로 일어났던 이야기이며 여러 인물들에게서 들었다고 합니다. (실제로 벨킨 씨의 원고에는 각각의 이야기 위에 작가의 친필로 어떤 인물(관등이나 칭호, 이름과 성의 이니셜)로부터 들었다고 적혀 있습니다. 호기심 많은 추적자들을 위해 적습니다. 「역참지기」는 9등 문관 A. G. N., 「발사」는 중령 I. L. P., 「장의사」는 점원 B. V., 「눈보라」와 「귀족 아가씨—농촌 처녀」는 처녀 K. I. T.가 이야기한 것입니다.—간행자의 주) 그러나 이야기 속의 이름들은 거의 모두 그가 지어낸 것이며 읍과 면의 명칭들은 우리 지방의 이름을 딴 것입니다. 그래서 이 촌의 이름도 어디엔가 언급되어 있습니다. 이는 어떤 사악한 의도에서가 아니라 단지 상상력의 부족에서 비롯된 일일 뿐입니다.

이반 페트로비치는 1828년 추절(秋節) 감기열이 열병으로 심해져, 특히 티눈이나 그와 유사한 만성 질환의 치료에 있어서 지극히 의술이 뛰어난 우리 현 의사의 끈질긴 노력에도 불구하고, 사망했습니다. 그는 탄생 30년째에 소생의 두 팔 안에서 운명했고 고류히노 촌 교회에 고인이 된 그의 양친 곁에 매장되었습니다.

이반 페트로비치는 중키에, 회색 눈, 아맛빛 머리, 똑바른 코를 갖고 있었으며 얼굴은 하얗고 마른 편이었습니다.

이것이, 존경하는 귀하, 소생의 죽은 이웃이자 친구의 생활 방식, 업무, 품성, 외모에 대해 제가 기억할 수 있는 전부입니다. 다만 귀하께서 소생의 본 편지를 여하한 목적으로 쓰시기로 의도하신다면 절대로 소생의 성명을 언급하지 마시기를 정중히 요청하는 바입니다. 이는 소생이 문필가들을 지극히 존경하는 바이오나 이 칭호로 불리는 것은 쓸데없는 일이며 소생의 연령에 비추어 점잖치 못하다고 사료되는 까닭입니다. 진정으로 존경을 보내며 이만 총총.

1830년 11월 16일
네나라도보 촌

우리는 우리 작가의 존경스런 친구의 의사를 존중하는 것을 의무로 여기며, 우리에게 도달된 정보에 대해 그에게 심심

한 사의를 표하고 일반 독자 대중들도 그 정보의 성실성과 선
의를 높이 사주시기를 바라는 바입니다.

A. P.

발사

우리는 서로를 쏘았다.
──바라틴스키[2]

나는 그를 결투의 권리에 따라 사살하리라 맹세했다.
──「야영지에서의 저녁」[3]

1

우리는 ○○○ 지구에 주둔하고 있었다. 장교 생활은 뻔했다. 아침에는 훈련과 승마 연습을 하고, 점심에는 연대장 숙소나 유대인 식당에서 식사를 하고, 저녁에는 술을 마시고 카드놀이를 한다. ○○○ 지구에는 파티를 여는 집도, 신부감도 없었다. 우리는 우리들의 제복 이외에는 아무것도 볼 수 없는 서로의 숙소에 모이곤 했다.

군인이 아니면서 우리가 모이는 데 끼는 사람은 단 한 사람뿐이었다. 그의 나이는 35세 가량이었는데 그 때문에 우리는 그를 원로로 여겼다. 경험 많은 그가 우리보다 여러 가지

---

2) 바라틴스키(1800~1844)의 「무도회」(1828)에 나오는 구절.
3) 베스투제프 마릴린스키(1797~1837)가 1822년에 쓴 소설.

로 나아 보였던 것이다. 게다가 평상시 그의 침울함, 강파른 성질, 독설을 뱉는 혀는 우리들의 젊은 마음에 강한 영향을 미쳤다. 어떤 비밀스러움이 그의 운명을 둘러싸고 있었다. 그는 러시아인처럼 보였으나 외국 이름을 가지고 있었고, 기병대에 근무한 적이 있었는데 꽤 이름을 날렸었다고 했다. 아무도 왜 그가 퇴역하여 이 보잘것없는 지역에 살게 되었는지 알지 못했다. 그의 생활 방식은 가난하면서도 사치스러웠다. 그는 항상 걸어다녔고 다 해어진 검은 재킷을 입고 있었지만 우리 연대의 모든 장교들을 식사에 초대하곤 했다. 그의 집 식사는 제대한 사병이 만든 두세 가지 요리에 불과했지만 샴페인은 강물처럼 철철 넘쳤다. 아무도 그의 신분이나, 그의 수입에 대해서 알지 못했고 아무도 거기에 대해 물어볼 엄두를 내지 못했다. 그의 집에는 책이 많았는데 대부분 군사 서적 아니면 소설이었다. 그는 그것들을 기꺼이 읽으라고 내주었지만 돌려달라고 하는 법이 없었다. 대신 남의 책을 가져가면 돌려주지 않았다. 그는 주로 사격 연습을 했다. 그의 방 벽들은 온통 총알 구멍이 나서 벌집 같았다. 유일한 사치라면 그 보잘것없는 집에 많은 총을 모아놓은 것이었다. 그는 정말 절묘한 사격술의 경지에 이르러 있어서 그가 모자 위에 배 한 개를 얹고 서보라고 하면 우리 연대에서는 누구라도 서슴지 않고 목을 내놓을 정도였다. 우리는 자주 결투 이야기를 했다. 실비오는 (나는 그를 이렇게 부르겠다) 한번도 이런 대화에 끼여든 적이 없었다. 결투한 적이 있느냐는 질문에 대해 그는 간단히 있다고만 할 뿐 구체적으로 이야기하지 않았는데 그런 질문은 그에게 불쾌한 것임이 분명했다. 우리는 그 경악할 만한 기술에 불행하게 희생된 어떤 사람이 그의 양심에 거리끼는 것이라고 추측했다. 어쨌거나 그가 비겁하다고 할 만한 행동을 했을 수도 있다는 의심이 우리 머리에 떠오른 적은 없었다. 외모만 봐도 벌써 그런 의심을 못 품게 하는 사람들이 있는 법이니까. 그런데 우연한 사건이 우리 모두를 놀라게 했다.

한번은 우리 장교들 열 명 가량이 실비오의 집에서 식사를 했다. 여느 때처럼 마시고, 말하자면 진탕 마시고, 식사 후 우리는 집주인에게 은행 노름판을 벌여달라고 청했다. 그는 자기가 언제 노름을 한 적이 있느냐며 오랫동안 거절하며 버티다가 결국 카드를 내오게 하고는 테이블 위에 은화 50개를 쏟아놓고 은행을 맡아 앉았다. 우리는 그를 둘러쌌고 노름이 시작되었다. 실비오는 노름할 때 굳게 침묵을 지키는 버릇이 있어서 한번도 다투거나 해명을 하는 법이 없었다. 상대방이 어쩌다가 계산을 잘못하면 그는 곧바로 여분의 돈을 돌려주었고 더 받을 것이 있으면 적어놓았다. 우리는 이미 이런 그의 버릇을 알고 있었기 때문에 그의 방식대로 계산하는 것을 방해하지 않았다. 그런데 우리들 중에 얼마 전 우리 부대로 전역해 온 소위가 있었다. 그도 여기서 노름을 했는데 그만 자기도 모르게 카드의 귀를 꺾었다.[4] 실비오는 분필을 잡고 자기 방식대로 계산하여 표기했다. 소위는 실비오가 실수한 것이라 여기고 해명을 요구했다. 실비오는 아무 말 없이 카드를 깔았

---

4) 카드의 귀를 꺾으면 돈을 두 배로 건다는 뜻이 된다.

다. 소위는 참을성을 잃고 지우개를 들어 공연히 그어졌다고 여겨지는 금을 지워버렸다. 실비오는 분필을 잡고 다시 금을 그었다. 술과 노름과 동료들의 웃음으로 인하여 열이 오른 소위는 자신이 심하게 모욕당했다고 느끼자 광분하여 테이블에서 청동 촛대를 잡아 실비오를 향해 던졌는데 실비오는 가까스로 이를 피할 수 있었다. 우리는 당황했다. 실비오는 분노로 얼굴이 하얗게 질려 눈빛을 번뜩이며 말했다.

"정중하게 청하오. 나가주시오. 그리고 이 일이 우리 집에서 일어났다는 데 대해서 하느님께 감사하시오."

우리는 이 일의 결과에 대해 아무런 의심을 품지 않았고, 새로 온 동료를 이미 죽은 사람으로 여겼다. 이어 소위는 자기가 가한 모욕에 대하여 은행을 맡으신 분이 원하시는 대로 책임질 태세가 되어 있다고 말하고는 나가버렸다. 노름은 몇 분간 더 지속되었지만 우리는 집주인이 노름을 할 기분이 아니라는 것을 느끼고 한 사람씩 일어나서 곧 있을 결원에 대해 이야기하며 각자 숙소로 흩어졌다.

다음날 승마 연습 때 우리는 그 소위가 아직 살아 있는지에 대해 물어들 보았고 소위가 직접 우리 앞에 나타났을 때 그에게도 똑같은 질문을 하였다. 그는 실비오에게서 아직 아무런 소식도 듣지 못했다고 대답했다. 이에 우리는 놀랐다. 우리가 실비오의 집으로 가보니 그는 대문에 카드의 에이스를 붙여놓고 총을 쏜 자리 위로 쏘고 또 쏘고 있었다. 그는 평상시처럼 우리를 맞아들였으며 어제의 사건에 대해서는 한마디도 비치지 않았다. 사흘이 지나도 소위는 아직 살아 있었다.

우리는 놀라면서 실비오가 혹 결투를 하지 않으려는 것이 아닌지 묻곤 했다. 실비오는 결투를 하지 않았다. 그는 매우 가벼운 해명만으로 만족하고 화해했다.

이로 인해 젊은이들 사이에서 그의 이미지는 크게 손상되었다. 용감함을 인간의 최고 가치로 보며 어떠한 악덕도 용감성만 있으면 으레 용서하였던 젊은 사람들에게는 가장 용서할 수 없는 것이 바로 용기의 부족이었던 것이다. 그러나 차츰 모든 것은 잊혀지고 실비오는 다시 예전의 영향력을 회복했다.

나 혼자만이 더 이상 그에게 접근할 수가 없었다. 태어날 때부터 소설적인 상상력을 가진 나는 다른 누구보다도 또 무엇보다도 수수께끼 같은 삶을 살고 있으며 소설의 무슨 비밀스런 주인공처럼 보이는 사람에게 끌리곤 했다. 그는 나를 좋아했다. 적어도 나와 함께 있을 때만은 그는 으레 하는 독설을 거두고 여러 가지 문제들에 대하여 솔직하게, 그로서는 드물게 유쾌하게 이야기했다. 그러나 그 불행한 저녁 이후, 그의 명예가 더럽혀졌고 그 명예가 오로지 그의 책임으로 회복되지 않았다는 생각이 나를 떠나지 않아 나는 그를 예전처럼 대할 수 없었다. 그를 쳐다보기가 민망스러웠다. 민감하고 경험 많은 실비오가 이런 나의 태도와 그 까닭을 알아채지 못할 리 없었다. 그는 이 때문에 우울한 것처럼 보였다. 적어도 두 번 정도 나는 그가 내게 해명하고 싶어한다는 것을 느꼈으나 나는 이런 기회를 피했고 실비오도 나에게서 물러났다. 그 이후 나는 다른 동료들과 함께 있을 때만 그를 만났고 예전 같은 솔직한 대화는 중단되었다.

오만 가지 것들로 신경이 분산되는 대도시인들은 시골이나 소도시에 사는 사람들이 잘 알고 있는 여러 가지 감흥들에 대해 상상도 못할 것이다. 예를 들어 우편물이 오는 날을 기다리는 마음에 대해서 말이다. 화요일과 금요일에 우리 부대의 사무실은 장교들로 꽉 메워졌다. 어떤 사람들은 돈을, 어떤 사람들은 편지를, 어떤 사람들은 신문을 기다렸다. 편지들은 으레 이곳에서 바로 개봉되었고 서로 소식을 나누느라 사무실은 가장 활기 있는 모습을 띠곤 했다. 실비오는 우리 연대로 부쳐지는 편지를 받고 있어서 으레 이곳에 나타나곤 했다. 어느 날 그는 편지를 받자마자 매우 초조한 모습으로 봉한 곳을 찢었다. 편지를 읽어 내려가는 그의 눈이 번뜩거렸다. 각자 자기 편지를 읽느라 정신없는 장교들은 아무것도 알아채지 못했다.

"여러분." 하고 실비오가 말했다.

"제가 즉시 떠날 것이 요구되는 상황이군요. 오늘 밤 떠납니다. 마지막으로 저희 집에서 식사하시는 것을 거절하지 마시기 바랍니다."

그리고 그는 나에게 시선을 돌리며 계속 말했다.

"자네를 기다리겠네, 꼭 기다리겠네."

이 말과 함께 그는 황급히 나갔다. 우리는 실비오의 집에서 모이기로 합의하고는 각자 제 갈 곳으로 흩어졌다.

나는 약속된 시간에 실비오의 집으로 갔다. 그곳엔 거의 부대원 전체가 모여 있었다. 그의 모든 짐은 이미 다 꾸려져 있었다. 총알 자국이 난 벽만 남아 있을 뿐. 우리는 식탁에 둘러앉았다. 집주인은 매우 기분이 좋은 듯했고 곧 그의 쾌활함은

고(故) 이반 페트로비치 벨킨의 이야기

모든 사람에게로 옮겨졌다. 샴페인이 계속 터졌고 술잔은 거품을 일으키며 쉬지 않고 소리를 내었다. 그리고 우리들은 길 떠나는 사람이 여행중에 아무 탈이 없기를 온 정성을 다하여 기원했고 또 온갖 축복을 보냈다. 밤늦게서야 우리는 식탁에서 일어났다. 모자를 나누어줄 때 실비오는 모든 사람과 작별 인사를 하고 나서 내가 막 나가려는 순간에 내 팔을 붙잡고 나를 멈춰 세웠다.

"자네와 할 얘기가 있네."

그는 조용히 말했다. 나는 머물렀다.

손님들은 다 떠났다. 둘만 남은 우리는 마주 앉아 말없이 파이프에 불을 붙였다. 실비오는 근심에 싸여 있었다. 파티에서 보이던 발작적인 쾌활함은 흔적조차 없었다. 음울한 창백함, 번뜩거리는 두 눈, 입에서 나오는 짙은 연기는 그를 진짜 악마처럼 보이게 했다. 몇 분이 지났고 이윽고 실비오는 침묵을 깨뜨렸다.

"아마 우리는 영원히 서로를 볼 수 없을 것이네."

그는 내게 말했다.

"떠나기 전에 자네에게 해명하고 싶었네. 자네도 알아차렸 겠네마는 나는 다른 사람의 의견에 개의치 않는 사람이라네. 그러나 나는 자네를 좋아하네. 그래서 자네의 머릿속에 그릇 된 인상을 남기면 내 마음이 내내 무거울 걸세."

그는 말을 멈추고 다 타버린 파이프에 새 담배를 밀어 넣었다. 나는 눈을 내리깔고 침묵했다.

그는 말을 이었다.

"자네는 내가 그 술 취한 미친 자식 R○○○에게 결투를 신청하지 않은 것을 보고 이상하게 생각했겠지. 내가 무기를 선택할 권리를 가지고 있었으니 그의 목숨은 내 손안에 있었고 내 목숨은 거의 위험할 이유가 없었다는 데는 자네도 동의할 테지. 난 내가 참은 것을 그냥 관대했기 때문이라고 설명해 버릴 수도 있겠지만 거짓말을 하고 싶지는 않네. 만약 내가 전혀 생명에 위협을 받지 않고 R○○○을 벌할 수 있었다면 나는 무슨 일이 있어도 그를 용서하지 않았을 걸세."

나는 놀라서 실비오를 쳐다보았다. 이런 고백은 나를 극도로 당혹스럽게 했다. 실비오는 계속해서 말했다.

"말 그대로네. 나는 죽음을 무릅쓸 권리가 없네. 6년 전에 나는 따귀를 맞았단 말일세. 그리고 적은 아직 살아 있네."

나의 호기심이 강하게 자극되었다.

"그와 결투를 하지 않았나요?"

내가 물었다.

"사정이 있어서 서로 헤어졌던 모양이지요?"

"나는 그와 결투를 했네."

실비오가 대답했다.

"그리고 여기 우리가 행한 결투의 기념물이 있네."

실비오는 일어나서 금빛 깃털과 술 달린 빨간 모자(프랑스 사람들은 경찰모(bonnet de police)라고 부른다)를 상자에서 꺼냈다. 그는 그 모자를 썼는데 이마에서 1베르쇼그[5] 가량 되는

_____

5) 약 4cm에 해당되는 단위.

곳이 총알로 뚫려 있었다. 실비오는 계속해서 말했다.

"자네도 알지. 내가 ○○○ 기병대에 근무한 것을. 자네도 내 성격을 알 걸세. 난 항상 최고가 되는 데 익숙해져 있었다네. 그러나 그것은 아주 어렸을 적부터 내 속에 자리하고 있는 욕구이기도 하였네. 우리 시절에는 난폭함이 유행이었네. 나는 군대에서 최고의 난폭자였지. 우리는 누가 술을 더 많이 마시나 내기를 하곤 했다네. 난 제니스 다비도프가 칭송한 그 유명한 부르초프를 제쳤었네.[6] 결투는 우리 연대에서 수시로 있었는데 나는 모든 결투에 장본인이 아니면 입회인으로 나타났었네. 동료들은 나를 떠받들었고 수시로 바뀌는 연대 지휘관들은 나를 필요악인 양 쳐다봤네.

나는 마음 놓고 (또는 마음 졸이며) 내 명성을 즐기고 있었는데 우리 연대에 돈 많고 집안 좋은 (그의 성은 말하지 않겠네) 젊은이가 배속되어 온 걸세. 나는 태어나서 그렇게 빛나는 행운아를 본 적이 없었네! 그 젊음, 그 지능, 수려한 외모, 그렇게도 쾌활한 기질, 그 무엇도 두려워하지 않는 용기, 그 명성, 자기도 얼마나 있는지 모를 만큼 많은, 한번도 바닥나 본 적이 없는 돈을 한번 생각해 보게. 또 그가 우리 사이에서 어떤 영향을 끼쳤겠는가 상상해 보게. 나의 권좌는 흔들리기 시작했네. 그는 내 명성을 듣고 나와 친해지려고 했네. 그러나 나는 그를 차갑게 대했고 그는 아무 유감 없이 나에게서 물러났

---

6) 1804년 러시아 시인 다비도프는 난폭함으로 유명했던 부르초프에게 부치는 시 몇 편을 썼다. 부르초프는 1813년에 사망했다.

네. 나는 그를 증오하기 시작했네. 연대에서, 또 여자들 사이에서 거둔 그의 성공이 나를 완전히 절망으로 몰아넣었네. 나는 그와 싸울 기회만 찾고 있었네. 내가 보낸 풍자시에 그도 답으로 풍자시를 보내 왔는데 내게는 항상 그의 풍자시가 내 것보다 훨씬 기발하고 신랄하게 보였고 물론 유례없이 포복절도할 만한 것들이었네. 그는 농담으로 쓴 것이었지만, 나는 화가 나서 쓴 것이었으니 당연하지. 드디어 어느 날 폴란드 지주가 연무도회에서 나는 그가 모든 여자들의, 특히 예전에 나와 관계를 가졌던 여주인의 관심 대상이 된 것을 보고는 그의 귀에다 대고 속된 쌍소리를 해줬다네. 그는 불끈해서 내 뺨을 갈겼네. 우리는 군도를 뽑았네. 여자들은 기절해서 쓰러졌지. 사람들이 우리를 끌어내었고 바로 그 밤으로 우리는 결투를 하러 달려갔네.

동이 틀 무렵이었네. 나는 세 명의 입회인과 함께 정해진 장소에 서 있었네. 이루 말할 수 없이 초조한 심정으로 나는 적을 기다리고 있었네. 봄의 태양이 떠올랐고 금세 더워지기 시작했네. 나는 멀리서 그를 보았네. 그는 옆에 찬 군도에 군복 윗도리를 벗어 걸고 입회인 한 명과 함께 걸어오고 있었네. 우리는 그와 마주 보며 걸어갔네. 그는 버찌를 가득 채운 모자를 손에 들고 다가오고 있었네. 입회인들은 우리 사이에 12보를 재어주었네. 내가 먼저 발사해야 했네. 그러나 내 속에는 너무도 강한 분노가 끓어오르고 있어서 내 손을 믿을 수가 없었기 때문에 냉정해질 시간을 벌기 위해 그에게 먼저 발사하라고 했네. 적은 동의하지 않았네. 제비를 뽑기로 했네. 영원한 행운아인 그가 먼저였네. 그는 총을 겨누어 내 모자를 맞혔네. 내 차례가 되었네. 그의 생명은 드디어 내 손안에 있게 되었네. 나는 그에게서 일말의 불안의 그림자라도 찾아내려고 삼킬 듯이 그를 바라보았네…… 그는 내 총을 마주하고 서서는 모자 안에서 잘 익은 버찌를 골라 먹으며 씨를 뱉어 나한테 튀어오게 했네. 그의 무관심 때문에 나는 광분했지. 나는 생각했네. 그가 전혀 귀중하게 여기지 않는 그의 생명을 없애버리는 것이 내게 무슨 소용이 있겠는가? 악의에 찬 생각이 내 머릿속에 떠올랐네. 나는 권총을 내렸네. '당신은 지금 죽을 기분이 아닌 모양이군요.' 나는 그에게 말했네. '당신은 식사를 즐기고 계시오. 난 당신을 방해하고 싶지 않소.' '당신은 나를 조금도 방해하고 있지 않소.' 그가 대답했네. '발사하시오. 아니, 당신 하고 싶은 대로 하시구려. 당신의 발사권을 인정할 거요. 나는 언제든 응할 태세가 되어 있소.' 나는 입회인들에게 지금은 발사할 의향이 없다고 말했고 결투는 그것으로 끝났네.

그리고 제대하여 이곳으로 왔네. 그때부터 복수에 대해서 생각해 보지 않은 날이 하루도 없었네. 이제 내게 때가 다가왔네……."

실비오는 주머니에서 아침에 받은 편지를 꺼내어 내게 읽어보라고 주었다. 누군가(그가 이 일을 부탁한 사람인 듯하다)가 모스크바에서 모 인물이 곧 젊고 멋진 처녀와 결혼하게 될 것이라는 내용의 편지를 보내 온 것이었다.

"자넨 알아맞힐 수 있겠지,"

실비오가 말했다.

"모 인물이 누구인지. 나는 모스크바로 가네. 그가 언젠가 버찌를 먹으면서 죽음을 기다렸듯이 결혼을 앞두고도 그렇게 태연하게 죽음을 받아들일 수 있을지 한번 봐야겠네!"

이 말과 함께 실비오는 일어나서 바닥에 자기 모자를 내팽 개치고는 우리에 갇힌 호랑이처럼 방 안을 이리저리 왔다갔다 했다. 나는 꼼짝 않고 앉아서 그의 말을 듣고 있었다. 이상하 고도 모순된 감정들이 나를 휩쌌다.

하인이 들어와 말이 준비되었다고 알려주었다. 실비오는 내 손을 꽉 잡았다. 우리는 작별의 포옹을 했다. 그는 마차에 올 라탔다. 짐이라고는 권총들을 가득 채운 트렁크와 소지품을 꾸린 트렁크, 두 개가 전부였다. 우리는 다시 한번 작별 인사 를 나누었고 말들은 달리기 시작했다.

2

몇 년이 지났고, 집안 사정으로 나는 N○○현의 가난한 마 을에 살게 되었다. 영지를 경영하면서 나는 예전의 떠들썩하 고 걱정 모르던 생활을 떠올리며 남몰래 한숨짓곤 했다. 무엇 보다도 어려운 점은 가을 밤, 겨울 밤을 내내 혼자 보내야 하 는 것이었다. 낮 동안에는 촌장과 이야기를 나누거나 일 보러 여기저기 다니거나 새로 만든 농장들을 둘러보면서 이리저리 시간을 보내지만 날이 저물기 시작하면 난 정말 어찌할 바를 몰랐다. 장 밑에서 찾아낸 몇 권 안 되는 책은 이미 달달 외울 정도로 여러 번 읽었고 가정부 키릴로브나가 기억할 수 있는 옛날 이야기는 모두 이미 듣고 또 들은 것들이었다. 여자들의 노랫소리는 내게 우울한 기분이 들게 했다. 나는 집에서 만든 과실주를 마셔보려 했으나 그것을 마시면 머리가 아팠다. 그리고 고백하자면 나는 우울증 때문에 술꾼이 되는 것, 즉 가장 지독한 술꾼이 되는 것이 두려웠다. 우리 현에서 나는 그런 사람들을 여럿 보았다. 내 주위에는 가까운 이웃은 없었고 두세 명 술꾼이 있긴 했으나 그들과의 대화는 딸꾹질과 한숨으로 중단되기가 일쑤였다. 차라리 혼자 있는 것이 견디기 쉬웠다.

우리 집으로부터 4베르스타 떨어진 곳에 B○○○백작 부인의 부유한 영지가 있었다. 그러나 그곳엔 관리인만 살 뿐이고 백작 부인은 결혼한 첫해에 단 한번 찾아왔지만 한 달도 채 못 있고 떠났다고 했다. 그러나 내 감금 신세 2년째 되는 봄에 백작 부인이 남편과 함께 여름을 보내러 이 시골로 온다는 소문이 퍼졌다. 정말로 그들은 6월 초에 도착했다.

부유한 이웃이 시골에 오는 것은 시골에 사는 사람들에게는 획기적인 사건이다. 지주들과 그들 밑에서 일하는 사람들은 이런 일에 대해 두 달 전부터 이야기하고 3년 후까지 이야기한다. 나도, 솔직히 고백하자면, 젊고 아름다운 이웃 여인이 도착한다는 소식으로 강한 자극을 받았다. 나는 그녀를 보고 싶은 초조감에 몸이 달았고 그래서 그녀가 도착하고 나서 바로 돌아오는 일요일에 점심을 먹자마자 그 마을로 떠났다. 그들에게 나 자신을 가장 가까운 이웃이자 가장 충실한 종으로서 소개하기 위해서였다.

하인은 나를 백작의 서재로 인도한 뒤 내가 왔다고 알리러 갔다. 널찍한 서재는 한껏 사치스럽게 치장되어 있었다. 벽마다 책장이 세워져 있었고 각 책장 위로 청동 흉상이 걸려 있었으며 대리석으로 된 벽난로 위에도 큰 거울이 걸려 있었다. 바닥은 녹색 모직포로 덮여 있었고 그 위에 양탄자가 깔려 있었다. 초라한 처소에서 사치라고는 모르고 살아왔으며 다른 사람의 부유한 생활을 오랫동안 접하지 못했던 나는 당혹스러움과 함께 일종의 전율마저 느끼면서 백작을 기다리고 있었다. 마치 시골에서 청원을 하러 온 사람이 장관이 나오기를 기다리는 것처럼. 문이 열리고 서른두 살쯤 되어보이는 잘생긴 남자가 들어왔다. 백작은 스스럼없고 친근한 모습으로 내게 다가왔다. 나는 용기를 내려고 애쓰며 나를 막 소개하려고 하는데 그가 선수를 쳤다. 우리는 앉았다. 그의 말투는 자연스럽고 다정하여 나의 소심한 위축감을 흩날려 버렸다. 내가 막 평소의 태도를 되찾으려 할 때 갑자기 백작 부인이 들어와 나는 조금 전보다 더 심하게 당혹감에 휩싸였다. 그녀는 정말 미인이었다. 나는 자연스럽게 보이고 싶었지만 내가 그렇게 보이려고 하면 할수록 더 어색한 느낌이 들었다……. 그들은 내가 마음을 가라앉히고 새로운 만남에 익숙해질 여유를 주고자, 나를 가까운 이웃처럼 격식을 차리지 않고 대하며 내 앞에서 자기들끼리 이야기하기 시작했다. 그사이 나는 이리저리 서성이며 책과 그림들을 구경했다. 나는 그림에는 문외한이었지만 그림 하나가 나의 관심을 끌었다. 그 그림은 스위스의 어떤 풍경을 그린 것이었다. 그러나 내가 놀란 것은 그림 속의 풍경 때문이 아니라 그 그림이 총을 쏜 자리 위로 또 총을 쏘아 두 방의 총알로 관통되어 있었기 때문이었다. 나는 백작을 향해 말했다.

"놀라운 사격술입니다."

"그렇습니다."

백작은 이렇게 대답하고 계속 말을 이었다.

"매우 훌륭한 사격술이지요. 당신도 잘 쏘시나요?"

"제법 쏩니다."

나는 대화가 드디어 나에게 익숙한 화제에 근접하게 된 것에 기뻐하며 대답했다.

"30보 떨어진 곳에서 카드장을 헛 쏘지는 않을 겁니다. 물론 손에 익은 권총일 경우이지요."

"정말이에요?"

백작 부인은 큰 관심을 보이며 말했다.

"어때요, 여보, 당신은 30보 떨어진 곳에서 맞힐 수 있어요?"

"우리 언제 한번 해봅시다. 나도 한창때는 못 쏘지 않았지요. 그런데 총을 손에 잡은 지 벌써 4년이나 지났군요."

"오, 그러시다면 각하께서는 20보 거리에서도 카드장을 맞히지 못하실 겁니다. 사격은 매일 연습해야 하는 거지요. 제 경험으로 압니다. 저는 우리 연대에서 총 잘 쏘는 사람의 하나로 꼽혔었지요. 그런데 한번은 한 달 내내 총을 잡지 못한 적이 있었어요. 수리를 맡겼었거든요. 어땠을 거라고 생각하세요? 25보 거리에 있는 술병도 맞히지 못하고 연달아 네 번 비껴 쏘았지요. 우리 연대에 재치 있고 익살맞은 대위가 있었는데 저한테 '이 친구, 보아하니 술을 죽일 생각이 없군' 하더군요. 각하, 연습을 우습게 보시면 안 됩니다. 연습을 안하면 금세 서툴러집니다. 제가 만난 사람 중에서 최고로 총을 잘 쏘았던 사람은 매일 쏘았지요. 점심 식사 전에 적어도 세 번은 쏘았어요. 한 잔의 보드카처럼 그건 그의 습관이었지요."

백작과 백작 부인은 내가 이야기를 시작하는 것을 보고 기뻐했다. 백작이 물었다.

"그 사람은 어느 정도 쐈나요?"

"그 정도가 말입니다. 각하, 벽에 파리가 앉는 것을 보곤…… 웃고 계신가요, 부인? 맹세코 진실이에요. 파리를 보면 '쿠즈카, 총!' 하고 소리치곤 했어요. 그러면 쿠즈카는 그에게 장전된 총을 가져오곤 했지요. 그는 단방에 파리를 쏘아 벽에다 눌러버렸지요."

백작이 물었다.

"오, 놀랍군요! 근데 그 사람 이름이 뭔가요?"

"실비오입니다, 각하."

"실비오!"

자리에서 벌떡 일어나며 백작이 외쳤다.

"당신이 실비오와 아는 사이였나요?"

"물론이지요, 각하. 우리는 친구였어요. 그는 우리 연대에서 혈맹동지처럼 받아들여졌지요. 그런데 그 사람 소식을 들은 지도 벌써 5년쯤이나 됩니다. 그럼, 각하도 그를 아신다는 말씀인가요?"

"알지요, 잘 알아요. 그가 당신에게 얘기하지 않던가요? ……아니, 아닐 겁니다. 아닐 거라고 생각합니다마는 그가 혹시 당신에게 어떤 이상한 사건에 대해 얘기하지 않았나요?"

"어떤 망나니한테 무도회에서 뺨 맞은 것 말인가요?"

"그가 그 망나니의 이름을 말하던가요?"

"아니오, 각하. 말하지 않았습니다. 아, 각하."

나는 사건의 진상을 짐작하며 말을 이었다.

"오, 죄송합니다…… 전 몰랐습니다. 각하이셨군요……."

"바로 접니다."

백작은 매우 당황한 모습으로 대답했다.

"그리고 저 그림은 우리의 마지막 만남의 기념물이지요……."

"아, 여보."

백작 부인이 말했다.

"제발, 말하지 마세요. 무서워서 들을 수가 없어요."

"아니."

백작이 반박했다.

"난 다 말할 테요. 이 사람은 내가 자기 친구를 어떤 식으로 모욕했는지 알고 있소. 실비오가 어떻게 내게 복수했는지 알려줍시다."

그는 내게 안락의자를 권했다. 그리고 나는 강렬한 호기심을 가지고 아래 이야기를 듣게 되었다.

"우리는 5년 전에 결혼했어요. 첫달, 허니문을 여기 이 시골에서 보냈지요. 이 집에는 제 일생의 가장 행복한 순간들과 가장 고통스러운 기억 하나가 얽혀 있어요.

어느 날 저녁 우리는 같이 말을 타고 있었어요. 아내의 말이 웬일인지 고집을 부리며 말을 듣지 않았지요. 그녀는 겁을 먹고 나에게 고삐를 넘겨주고는 걸어서 집으로 갔지요. 내가 먼저 오게 되었어요. 마당에는 여행용 마차가 있더군요. 내 서재에 자기 이름을 밝히려 하지 않고 단지 내게 볼일이 있다고만 말하는 어떤 사람이 앉아 있다고 전해 들었지요. 나는 이 방으로 들어와 먼지를 뒤집어쓴 채 얼굴은 온통 수염투성이인 사람을 어둠 속에서 보았어요. 그는 여기 벽난로 옆에 서 있었지요. 나는 그가 누구였는지 기억하려고 애를 쓰며 그에게로 다가갔어요. '당신 날 모르겠소.' 떨리는 목소리로 그가 말했지요. '실비오!' 나는 외쳤어요. 고백하자면 정말이지 갑자기 내 머리카락이 곤두서는 것처럼 무서웠어요. '그렇소.' 그는 계속했지요. '바로 나요, 내가 쏠 차례요. 발사하기 위해 여기 왔소. 준비됐소?' 옆 호주머니에 권총이 불거져 있었지요. 나는 12보를 세어 아내가 오기 전에 빨리 발사하라고 청하고는 저쪽 구석에 섰어요. 그는 시간을 끌었지요. 그는 촛불을 달라고 했어요. 나는 촛불을 가져오게 했어요. 나는 문을 잠그고 아무도 들어오지 못하게 하라고 명하고는 다시 한번 그에게 발사하라고 청했어요. 그는 권총을 꺼내어 겨누었지요. ……나는 초를 세었어요…… 나는 그녀를 생각하고 있었어요. 무시무시한 몇 순간이 흘렀어요. 실비오는 손을 내렸지요. '유감이오.' 그가 말했지요. '권총이 버찌 씨로 장전되어 있지 않아서…… 총알은 무겁구려. 내게는 이건 결투가 아니라 살인이라는 생각이 마냥 드오. 나는 무기를 들고 있지 않은 자를 쏘는 것에 익숙하지 않소. 다시 시작하기로 합시다. 누가 먼저 쏠지 제비를 뽑기로 합시다.' 내 머리가 빙빙 돌기 시작했어요. 나는 동의하지 않았던 것 같아요…… 결국 우리는 다시 총알을 장전했고 제비를 말았지요. 그는 언젠가 내가 구멍을 냈던 그 모자에 제비를 넣었지요. 나는 다시 먼저였어요. '백작, 당신은 악마처럼 운이 좋구려.' 그는 냉소를 띠며 말했는데 나는 그 웃음을 결코 잊지 못할 겁니다. 내가 어떻게 그렇게 되었는지 그리고 그가 무슨 수로 내가 그렇게 하게 했는지 지금도 이해할 수 없지만 나는 총을 발사했고 여기 이 그림을 맞혔어요."

(그는 손가락으로 총알로 뚫린 그림을 가리켰다. 그의 얼굴은 불처럼 타오르고 있었다. 백작 부인은 그녀가 두른 하얀 레이스 스카프보다 더 하얗게 질려 있었다. 나는 탄성을 지르지 않을 수 없었다.)

"나는 발사했어요."

백작이 말을 이었다.

"그리고 다행히도 비껴갔지요. 그때 실비오가(이 순간 그는 정말 무시무시했어요)…… 실비오가 나를 겨누기 시작했지요. 갑자기 문이 열리고 마샤가 뛰어들어와서 비명을 지르며 내 목을 향해 몸을 던졌지요. 그녀의 존재로 인해 나는 용기를 모두 되찾았어요. '여보.' 나는 그녀에게 말했어요. '우리가 농담하는 게 보이지 않소? 뭘 그리 놀라서 야단이오! 가서 물

한잔 마시고 오구려. 당신에게 내 옛 친구이자 동료를 소개하겠소.' 마샤는 여전히 믿으려 하지 않았지요. '남편이 하는 말이 사실인가요? 말씀해 주세요.' 그녀는 무서운 실비오를 향하며 말했지요. '당신들 둘이 농담을 하고 있다는 게 사실이냐고요?' '그는 항상 농담을 하지요, 백작 부인.' 실비오가 그녀에게 말했지요. '한번은 농담으로 제 뺨을 때렸고, 농담으로 여기 이 모자를 뚫었고, 방금 전에도 농담으로 저를 비껴 쏘았지요. 이젠 저도 농담이 좀 하고 싶군요……' 이 말을 하며 그는 나를 겨누었지요. 그녀가 있는 앞에서! 마샤는 그의 발밑에 엎드렸지요. '일어나요, 마샤. 수치스럽소!' 나는 미친 듯이 소리쳤어요. '여보시오, 당신, 불쌍한 여자를 우롱하는 걸 이만 끝낼 수 없겠소? 쏠 거요? 안 쏠 거요?' '안 쏘겠소.' 실비오가 대답했지요. '나는 만족하오. 나는 당신이 당황한 모습을, 당신이 겁먹은 모습을 보았소. 나는 당신으로 하여금 나를 겨누게 했소. 당신은 나를 잊지 못할 거요. 당신을 당신 양심에 맡기겠소.' 이 말을 하고 그는 당장 나가려다가 문가에서 멈추더니 총알로 뚫린 이 그림을 돌아보고는, 거의 조준도 하지 않고 발사한 후 사라졌어요. 아내는 기절했고 사람들은 그를 멈추게 할 엄두를 못 내고 공포에 질려 그를 바라보았지요. 그는 현관으로 나가서 마부를 불러 내가 정신을 차리기도 전에 떠나버렸지요."

백작은 말을 멈추고 잠자코 있었다. 이렇게 해서 나는 그 시작이 언젠가 나에게 그리도 강한 충격을 주었던 이야기의 끝을 알게 되었다. 그 이야기의 주인공과는 더 이상 만나지 못했다. 실비오는 알렉산드르 입실란티[7] 봉기 때, 그리스 지하 독립군 부대를 지휘하였고 스쿨랴니 전투[8]에서 전사하였다고 들 했다.

---

7) 그리스 민족해방운동 지도자 중의 한 사람.
8) 1821년 6월 17일에 있었던 전투.

눈보라

말들은 굽이도는 언덕을 질주하며
두껍게 쌓인 눈을 짓밟네.
저편 한켠에 외떨어진
신성한 교회가 보이는데
(……)
갑자기 사방에 성난 여인처럼 눈보라가 일고
눈은 커다란 송이가 되어 흩날리고
검은 까마귀는 소리 내어 날갯짓하며
빙빙 썰매 위를 맴도네.
그 울음소리 슬픈 미래를 예고하네!
서둘러 달려가던 말들은
어둡고 먼 곳을 날카롭게 바라보네.
말갈기를 곧추세우고.[9]

——쥬코프스키

우리의 기억에 남을 만한 그 시기, 1811년 말 마음씨 좋은
가브릴라 가브릴로비치 R○○ 씨가 네나라도보에 있는 자기
영지에 살고 있었다. 그는 마을에서 손님 접대를 잘하는 유쾌
한 사람으로 유명했고 이웃들은 자주 그의 집에 와서 먹고 마
시며 그의 부인과 5코페이카씩 걸고 보스톤 게임을 하고들 했

9) 쥬코프스키(1783~1852)의 감상주의적 서사시 「스베틀라나」에 나오는
구절.

고(故) 이반 페트로비치 벨킨의 이야기

다. 어떤 이들은 그 집 딸인 날씬하고 창백한 열일곱 살 된 아가씨 마랴 가브릴로브나를 보기 위해서 그 집으로 가곤 했다. 그녀는 부유한 신부감으로 꼽혀서 많은 사람들이 그녀를 자기 아내나 자기 아들의 아내로 삼고 싶어했다. 마랴 가브릴로브나는 프랑스 소설로 교육을 받았고 그 결과 물론 사랑에 빠졌다. 그녀가 선택한 대상은 고향 마을에서 휴가중인 가난한 소위보였다. 이 젊은 이도 물론 똑같은 열정으로 불타고 있었고, 그가 사랑하는 여자의 부모가 이내 둘의 애정을 알아채고는 딸이 그를 생각하는 것조차 금지하며 그를 퇴역한 말단 관리보다 더 냉대하였던 것은 물론 두말할 나위 없다.

우리의 연인들은 편지를 주고받았고 매일 소나무숲이나 낡은 교회 부근에서 단둘이 만났다. 그곳에서 그들은 서로에게 영원한 사랑을 맹세했고 운명을 한탄하였으며 여러 가지 계획을 세워보았다. 이런 식으로 편지를 주고받고 이야기를 나누면서 그들은 (지극히 자연스러운 일인데) 다음과 같은 판단에 도달하였다. 우리가 서로 없이는 숨을 쉴 수 없다면 그리고 잔혹한 부모의 뜻이 우리의 행복을 방해한다면 부모의 뜻을 무시하고 살면 안 될까? 이 교묘한 생각은 물론 젊은이의 머릿속에 먼저 떠올랐는데 마랴 가브릴로브나의 소설적인 상상력을 지극히 만족시켰던 것은 물론이다.

겨울이 왔고 그들의 만남도 중지되었다. 그러나 편지 왕래는 그럴수록 더욱 활기를 띠었다. 블라지미르 니콜라예비치는 편지마다 자기에게 모든 것을 맡기고 몰래 결혼하여 얼마간 숨어 지낸 다음, 사랑에 빠진 두 사람의 불행과 영웅적인 불굴에 마음이 움직여 결국 그들에게 '얘들아, 우리 품으로 오너라.' 하고 물론 말하게 될 부모의 발아래 엎드리자고 그녀에게 애원했다.

마랴 가브릴로브나는 오랫동안 망설였다. 여러 가지 도주 계획들이 거부당했다. 마침내 그녀가 동의했다. 약속된 날 그녀는 저녁을 먹지 않고 머리가 아프다는 핑계를 대고 자기 방으로 가 있기로 했다. 그녀의 하녀는 이미 거사에 가담하고 있었다. 둘이 뒷문을 통해 정원으로 나가 정원 뒤에 준비되어 있는 썰매를 타고 네나라도보에서 5베르스타 떨어진 좌드리노 마을로 가서 곧장 교회로 들어가면 거기서 블라지미르가 그들을 기다리기로 되어 있었다.

결행 전날 밤 마랴 가브릴로브나는 밤새 잠을 이루지 못했다. 그녀는 짐을 꾸리고 속옷과 옷가지를 싸고 그녀의 친구인 감상적인 귀족 아가씨에게 긴 편지를 한 장 썼고 다른 한 장은 그녀의 부모에게 썼다. 그녀는 지극히 감동적인 문구로 그들에게 작별을 고하고 자신의 행동을 제어할 수 없는 것은 열정의 힘 때문이라고 용서를 구하며, 그 언제가 될지 모르나 소중하고도 소중한 부모님의 발아래 엎드리는 것이 허락되는 순간을 생애 최고로 귀중한 순간으로 여길 것이라며 편지를 마쳤다. 그녀는 편지 두 통을 툴라에서 만든, 두 개의 불타는 심장이 그려져 있고 그 밑에 어울리는 글귀가 적혀 있는 봉인으로 봉하고는 동 트기 직전에야 침대로 가서 잠이 들었다. 그러나 무시무시한 꿈들이 쉴 새 없이 그녀를 깨웠다. 그녀가 결혼을 하러 가느라고 썰매에 막 타려는 순간, 그녀의 아버지가 그녀를 붙잡아 고통스러울 만큼 빠른 속도로 그녀를 눈 위로 질질 끌고 가서는 바다 모를 깜깜한 지하로 내팽개치고⋯⋯. 그녀는 심장이 말할 수 없이 얼어붙은 채 곤두박질치는 꿈을 꾸기도 하고, 잔디 위에서 창백한 얼굴로 피를 흘리는 블라지미르를 보기도 했는데, 그는 죽어가면서 그녀에게 찌르는 듯한 목소리로 서둘러 자기와 결혼하자고 간청했다⋯⋯. 또 다른 추하고 부조리한 환영들이 하나하나 그녀 앞을 지나갔다⋯⋯. 마침내 그녀는 잠에서 깨어났다. 평소보다 더 창백했고 정말로 머리가 아팠다. 어머니와 아버지는 그녀의 불안을 눈치 챘다. 그들의 애정 어린 걱정과 '왜 그러니, 마샤? 너 아프니, 마샤?' 하는 끊임없는 질문들이 그녀의 가슴을 찢었다. 그녀는 그들을 안심시키기 위해 명랑하게 보이려고 노력했으나 그럴 수 없었다. 저녁 때가 되었다. 가족들과 함께 보내는 마지막 날이란 생각이 그녀의 가슴을 아프게 했다. 그녀는 죽을 것만 같았다. 그녀는 그녀를 둘러싸고 있는 모든 사람들, 모든 물건들과 마음속으로 몰래 작별 인사를 했다.

저녁 식사가 나왔다. 그녀의 심장은 강하게 고동쳤다. 그녀는 떨리는 목소리로 저녁을 먹고 싶지 않다고 말하고는 아버지 어머니와 밤 인사를 했다. 그들은 그녀에게 입을 맞추어주고 으레 하듯이 잘 자라며 성호를 그어주었다. 그녀는 금방이라도 울음이 터질 것만 같았다. 그녀는 자기 방으로 가서 소파에 몸을 던지고 눈물을 쏟았다. 하녀는 그녀에게 진정하고 힘을 내라고 설득하였다. 모든 것이 준비되었다. 반 시간 후면 그녀는 영원히 부모의 집, 자기의 방, 고요한 처녀의 생활을 떠나야 했다……. 정원에는 눈보라가 치고 있었고 바람이 울부 짖었으며 덧창이 흔들리며 덜컹거렸다. 모든 것이 그녀에게는 위협으로, 또 불길한 전조로 보였다. 이내 집 전체가 고요해지 고 잠에 빠졌다. 마샤는 털목도리를 두르고 따뜻한 망토를 걸 치고 손에는 자기의 귀중품함을 들고 뒷문을 향하여 갔다. 하 녀가 보따리 두 개를 들고 그녀를 따랐다. 그들은 정원으로 들어갔다. 눈보라는 잠잠해지지 않았다. 바람은 마치 젊은 여 죄인을 멈추게 하려는 듯 그녀에게 마주 불어댔다. 그녀는 겨 우 정원 끝까지 걸어갔다. 길가에서 썰매마차가 그들을 기다 리고 있었다. 말들은 몸이 얼어들어 제자리에 가만히 서 있지 못했다. 블라지미르의 마부는 날뛰는 말들을 제어하며 썰매 채 앞에서 왔다갔다하고 있었다. 그는 귀족 아가씨와 그녀의 하녀가 썰매마차에 오르고 보따리들과 함을 내려놓는 것을 도와주고 나서 고삐를 잡았고 말들은 날기 시작했다. 이제 귀 족 아가씨는 운명과 마부 테료슈카의 기술에 맡기고 우리의 연애중인 젊은이에게 시선을 돌려보자.

블라지미르는 하루 종일 돌아다녔다. 아침에 그는 좌드리노 의 신부에게 가서 겨우겨우 그를 설득했고, 그 다음 이웃 지 주들 중에서 증인들을 구하러 다녔다. 첫번째로 찾아간 사람 은 퇴역한 마흔 살의 소위 드라빈이었는데 그는 기꺼이 승낙 했다. 이 모험으로 그는 그 옛날 경기병 시절의 장난들이 떠오 른다고 장담했다. 그는 블라지미르에게 식사하고 가라고 설득 하며 나머지 두 명의 증인에 대해서도 걱정하지 말라고 장담 했다. 실제로 식사 직후 곧 수염을 기르고 각반 달린 장화를 신은 측량사 슈미트와 얼마 전 창기병 부대에 들어간 경찰서장의 아들인 열여섯 살쯤 되는 소년이 나타났다. 그들은 블라지미르의 제의를 받아들였을 뿐만 아니라 그를 위해 목숨까지 희생할 준비가 되어 있다고 맹세했다. 블라지미르는 뛸 듯이 기뻐하며 그들을 껴안고 나서 채비를 하려고 집으로 갔다.

벌써 날이 저물고 있었다. 그는 자기의 믿음직한 마부 테료슈카를 자신의 삼두마차와 시시콜콜한 지침과 함께 네나라도보로 보내고, 자신은 작은 썰매를 말 한 필에 매도록 하여 마부 없이 혼자서 마랴 가브릴로브나가 두 시간쯤 후에 도착하기로 되어 있는 좌드리노로 떠났다. 그가 잘 아는 길이었고 마차로 기껏해야 20분 거리였다.

그런데 블라지미르가 마을 경계를 벗어나 들판으로 들어서자마자 바람이 일더니 눈보라가 심해져서 그는 아무것도 볼 수 없게 되었다. 순식간에 길은 눈으로 덮여버렸다. 주위의 모든 것은 뿌옇고 누르스름한 안개 속으로 사라져버렸고 그 안개 속을 뚫고 하얗고 커다란 눈송이가 날아들어 왔으며 하늘과 땅을 구별할 수조차 없었다. 정신을 차려보니 들판 한가운데였다. 그는 다시 길로 들어서려고 애를 썼으나 허사였다. 말은 되는 대로 질주하여 쉴 새 없이 비탈 아래로 떨어지기도 하고 웅덩이에 빠지기도 했으며 썰매도 따라 뒤집혔다. 블라지미르는 방향만은 잃지 않으려고 했다. 벌써 반 시간 이상이 지난 것 같았지만 좌드리노 숲에는 이르지 못한 상태였다. 또 10분 가량이 지나갔다. 숲은 여전히 보이지 않았다. 블라지미르는 골이 깊이 파인 들판을 건너갔다. 눈보라는 잠잠해지지 않았고 하늘도 보이지 않았다. 말은 지치기 시작했고 그는 쉴 새 없이 허리까지 눈 속에 빠지곤 했는데도 몸에서는 땀이 비오듯 쏟아졌다.

드디어 그는 자신이 그 방향으로 가고 있지 않다는 것을 깨달았다. 블라지미르는 멈춰 섰다. 이제서야 생각해 보고 기억해 보고 따져보기 시작하였다. 그리고 오른쪽으로 방향을 잡아야 한다고 확신했다. 그는 오른쪽으로 갔다. 그의 말은 겨우 걸음을 떼었다. 또 반 시간 이상을 갔다. 좌드리노는 부근에 있어야 했다. 그러나 가고 또 갔지만 들판은 끝이 없었다. 온통 눈더미나 고랑들이었고 쉴 새 없이 썰매가 뒤집히곤 했으며 쉴 새 없이 그는 썰매를 끌어올려야 했다. 시간이 또 흘러갔다. 블라지미르는 심한 불안을 느끼기 시작했다.

저편 한켠에 드디어 무엇인가 형체를 드러내었다. 블라지미르는 그쪽으로 방향을 틀었다. 다가가면서 보니 숲이었다. 다행이군, 이제 가까이 왔으니 하고 그는 생각했다. 그는 바로 아는 길에 들어서거나 숲을 돌아서 갈 수 있으리라 기대하면서 숲 가까이로 갔다. 좌드리노는 바로 숲 너머에 있었다. 곧 그는 길을 찾아 헐벗은 겨울 숲의 어둠 속으로 들어갔다. 바람은 이리로는 휘몰아칠 수 없었다. 길은 평평했고 말은 기운을 차렸으며 블라지미르는 마음을 가라앉혔다.

그러나 가고 또 가도 좌드리노는 보이지 않았다. 숲은 끝이 없었다. 블라지미르는 그가 모르는 숲속으로 들어온 것을 알고는 경악했다. 절망이 그를 휩쌌다. 그는 말을 채찍질했다. 불쌍한 짐승은 속보로 좀 가는가 하면 금세 지쳐서 15분쯤 지나면 가엾은 블라지미르의 모든 노력에도 불구하고 느릿느릿 걸어가기 시작했다.

점점 나무들이 듬성듬성해지고 블라지미르는 숲에서 벗어났다. 좌드리노는 보이지 않았다. 자정이 가까워진 듯했다. 눈물이 솟구쳤다. 그는 되는 대로 달리기 시작했다. 날씨는 개었고 구름이 흩어졌으며 그의 앞에는 파도 모양의 하얀 양탄자로 덮인 평원이 펼쳐져 있었다. 상당히 밝은 밤이었다. 멀지 않은 곳에 너댓 채의 농가로 이루어진 작은 마을이 보였다. 블라지미르는 그리로 갔다. 첫번째 농가 앞에서 그는 썰매에서 뛰어내리더니 창문 앞으로 다가가 두들겼다. 몇 분 후에 나무 덧창이 올라갔고 한 늙은이가 회색 수염을 내밀었다.

"왜 그러슈?"

"좌드리노가 먼가?"

"좌드리노가 머냐구유?"

"그래, 그래, 머냐고?"

"멀지 않아유, 한 10베르스타 되는디."

이 대답에 블라지미르는 머리카락을 움켜쥐었고 사형 선고를 받은 사람처럼 몸이 굳어졌다.

"워디서 오는감유?"

늙은이는 계속 물었다. 블라지미르는 질문들에 대답할 정신이 없었다.

"노인장."

그는 말했다.

"좌드리노까지 말들을 좀 내줄 수 없겠나?"

농부가 대답했다.

"우리헌티 말이 어딨어유?"

"길 안내인이라도 좀 구할 수 없겠나? 달라는 대로 주겠네."

"기다리슈."

늙은이는 덧창을 내리면서 말했다.

"아들 녀석을 내보내지유. 그애가 안내할 거유."

1분이 채 지나기도 전에 그는 다시 두들겼다. 덧창이 올라 갔다.

"웬일이슈?"

"아들은 어떻게 된 거요?"

"곧 나갈 거유. 신발 신어유. 추우면 들어와 몸이나 좀 녹이 시우."

"고맙지만 빨리 아들이나 내보내 주오."

문이 삐걱거리더니 젊은이가 막대기를 가지고 나와 길을 가리키기도 하고 눈더미로 덮인 길을 더듬기도 하면서 앞장서 서 갔다. 블라지미르가 물었다.

"몇 시지?"

젊은 농부가 대답했다.

"예, 벌써 날이 밝을 때가 됐어요."

블라지미르는 이제 더 이상 한마디도 하지 않았다.

그들이 좌드리노에 도착했을 때는 닭이 울고 있었고 벌써 날이 훤했다. 교회 문은 닫혀 있었다. 블라지미르는 안내인에 게 돈을 지불하고 마당으로 들어가 사제에게 갔다. 마당에는 그의 삼두마차가 보이지 않았다. 어떤 소식이 그를 기다리고 있었던가!

그러나 이제 우리는 네나라도보의 지주들에게로 돌아가 그들에게 무슨 일이 있는지 살펴보자.

그런데 아무 일도 없다.

노인들은 잠이 깨어 거실로 나왔다. 가브릴라 가브릴로비치는 실내모에 융으로 만든 웃옷을 입었고, 프라스코뱌 페트로브나도 누빈 실내 가운을 입었다. 사모바르[10]가 나왔고 가브릴라 가브릴로비치는 하녀 아이를 보내 마랴 가브릴로브나의 건강 상태는 어떤지 잠은 잘 잤는지 보고 오라고 했다. 하녀 아이가 와서는 아가씨가 잠은 잘 못 잤지만 지금은 좀 나아졌고 이제 곧 거실로 나오실 거라고 말했다. 정말로 문이 열리고 마랴 가브릴로브나가 들어와 아빠와 엄마에게 인사했다. 가브릴라 가브릴로비치가 물었다.

"머리는 좀 어떠니, 마샤?"

마샤가 대답했다.

"좀 나아졌어요, 아빠."

프라스코뱌 페트로브나가 말했다.

"네가 필시 어제 석탄 가스 냄새를 맡았나 보다."

마샤가 대답했다.

"네, 엄마, 아마 그런가 봐요."

그날은 무사히 지나갔다. 그러나 밤이 되자 마샤는 병이 났다. 읍내로 의사를 부르러 보냈다. 그가 저녁 무렵 도착했을

---

10) 러시아 특유의 차 끓이는 기구.

때 이미 환자는 열에 뜬 상태로 누워 있었다. 고열에 시달리는 불쌍한 환자는 두 주일이나 무덤과의 경계선에 있었다.

집안에서는 아무도 도주 계획에 관해 알지 못했다. 전날 그녀가 쓴 편지들은 불태워졌고 그녀의 하녀는 주인들의 분노가 두려워 아무에게도 아무 말도 하지 않았다. 사제, 퇴역 소위, 수염 달린 측량사, 어린 창기병도 입을 다물고 있었는데 공연히 그런 것은 아니었다. 마부 테료슈카는 술에 취했을 때조차 쓸데없는 말을 한 적이 한번도 없었다. 이런 식으로 예닐곱 명의 모의자들은 비밀을 지키게 되었다. 그러나 마랴 가브릴로브나 자신은 계속되는 열에 뜬 상태에서 자기의 비밀을 발설했다. 그러나 그녀의 열에 뜬 소리는 도무지 무슨 말인지 종잡을 수가 없어 그녀의 침대 곁을 떠나지 않았던 어머니가 알수 있었던 것은, 그녀의 딸이 블라지미르 니콜라예비치와 죽도록 사랑에 빠졌고 아마도 사랑이 병의 원인이리라는 것뿐이었다. 그녀는 자기 남편, 또 몇몇 이웃들과 의논해 보았고 결국 모두가 한결같이 이것이 마랴 가브릴로브나의 운명이며 정해진 운명은 말을 타고도 돌아갈 수 없다, 가난은 악덕이 아니며 재산과 사는 것이 아니라 사람과 사는 것이다, 등등의 결론을 내렸다. 자기 합리화를 위한 적당한 생각이 떠오르지 않을 때 교훈적인 격언들은 놀랄 만큼 유용한 경우가 많은 법이다.

그사이 귀족 아가씨는 회복되기 시작했다. 블라지미르는 가브릴라 가브릴로비치의 집에 오래전부터 모습을 나타내지 않았었다. 그는 의례적인 차가운 대접에 주눅이 들어 있었던 터였다. 결혼 승낙이라는 예기치 않은 행운을 알리려고 그를 부르러 사람을 보내보았다. 그러나 그들의 초대에 대한 답변으로 반미치광이 같은 편지를 받았을 때 네나로도보 지주 부부는 얼마나 놀랐는지 모른다! 블라지미르는 편지에서 그들의 집에 발을 들여놓는 일은 결코 없을 것이라고 선언하고는 그의 유일한 희망은 죽음뿐이라며 자신을 잊어달라고 했다. 며칠 후에 그들은 블라지미르가 군대로 떠난 것을 알게 되었다. 때는 1812년이었다.

오랫동안 그들은 회복되어 가고 있는 마샤에게 이 사실을 알릴 엄두를 내지 못했다. 그녀는 단 한번도 블라지미르에 대해 언급하는 일이 없었다. 몇 달이 지난 후에야 보로지노 전투의 실종자 및 중상자 명단에서 그의 이름을 발견하고 그녀는 기절했고 사람들은 그녀의 열병이 다시 도질까 걱정들을 하였다. 그러나 다행히도 기절한 뒤 후유증은 없었다.

또 다른 슬픔이 그녀를 찾아왔다. 모든 재산을 그녀에게 물려주고 가브릴라 가브릴로비치가 세상을 떠났다. 그러나 유산은 그녀에게 위로가 되지 못했다. 그녀는 불행한 프라스코뱌 페트로브나의 슬픔을 속 깊이 나누면서 절대로 그녀 곁을 떠나지 않을 것이라고 맹세했고 둘은 슬픈 추억들이 담긴 장소인 네나라도보를 떠나 ○○○ 영지에 살게 되었다.

여기에서도 신랑감들이 사랑스럽고 부유한 신부감 주위를 맴돌았다. 그러나 그녀는 누구에게도 일말의 희망을 주지 않았다. 어머니는 가끔 그녀에게 애인을 고르라고 설득하곤 했다. 마랴 가브릴로브나는 머리를 흔들고 생각에 잠기곤 했다.

블라지미르는 이미 산 사람이 아니었다. 그는 프랑스 군대가 들어오기 전날 밤 모스크바에서 죽었다. 그에 대한 추억은 마샤에게는 신성한 것처럼 보였다. 적어도 그녀는 언젠가 그가 읽던 책들이며, 그의 그림들, 그가 그녀를 위해 베껴준 악보와 시 등 그를 떠올릴 수 있게 하는 모든 것을 간직하고 있었다. 이 모든 것을 알고 난 이웃들은 그녀의 변치 않음에 경탄하며, 호기심을 가지고 이 처녀가 간직한 아르테미자[11]의 슬픈 정절을 결국 정복하게 될 영웅을 기다렸다.

그사이 전쟁은 영광스럽게 끝났다. 우리 연대들은 외국에서 돌아왔다. 백성들은 그들을 맞으러 달려나갔다. 악단은 「앙리 4세 만세(Vive Henri-Quatre)」, 티롤의 왈츠, 조콘다 아리아 같은 전쟁터에서 노획한 노래들을 연주했다. 전장에 거의 소년일 때 나아갔던 장교들은 포연 속에서 성숙한 남자가 되어 십자 훈장을 걸고 귀환했다. 군인들은 연신 독일어나 프랑스어 등을 섞어가며 서로 이야기했다. 잊을 수 없는 시기! 영광과 환희의 시기! 조국이라는 말 앞에 러시아인의 심장은 얼마나 강하게 뛰었는지! 재회의 눈물은 얼마나 달콤했는지! 얼마나 한마음이 되어 우리는 민족의 자존심과 황제에 대한 애정을 결합했었는지! 그리고 황제에게는 또 얼마나 멋진 순간이었던가!

여인들, 러시아 여인들은 그때 정말 비할 데 없는 여인들이

---

11) 소아시아 할리카르나소스 왕국의 전설적인 정절 굳은 왕비로, 죽은 남편 마우솔로스를 기리기 위해 세계 7대 불가사의 중 하나인 거대한 무덤을 만들게 하였다.

었다. 그들의 습관적인 차가움은 사라졌다. 그들이 개선 군인들을 맞으며 만세를 외치면서,

하늘 높이 모자를 던졌을 때[12]

그들의 환호는 정말 감동적이었다.

당시의 장교들 중 그 누가 러시아 여인에게서 가장 훌륭하고 귀중한 보상을 받았다고 고백하지 않을 수 있으랴?……

이 빛나는 시기에 마랴 가브릴로브나는 ○○○현에 어머니와 함께 살고 있어서 두 수도가 군대의 귀환을 어떤 식으로 축하했는지 보지 못했다. 그러나 면과 읍에서도 환호성은 마찬가지로 굉장했다. 어쩌면 더 강했을지도 모른다. 시골에 장교 복장의 남자가 나타나면 정말 그는 진정한 승리자였고 그가 옆에 있으면 연미복을 입은 연인은 기분이 상했다.

마랴 가브릴로브나의 냉정함에도 불구하고 그녀가 예전처럼 구애자들에게 둘러싸여 있다는 것을 우리는 이미 말한 바 있다. 그러나 부상당한 기병 대위 부르민이 단춧구멍에 게오르기 훈장을 달고 이곳 귀족 아가씨들이 말하듯 '흥미로운 창백함'을 지니고 그녀의 성채에 나타났을 때 모든 사람들은 물러서야 했다. 그는 곧 스물여섯이 될 것이었는데 마랴 가브릴로브나의 영지 바로 이웃에 있는 자신의 영지에 휴가차 와 있었다. 마랴 가브릴로브나는 그를 매우 각별하게 대했다. 그가

---

12) 그리보예도프의 희곡 「지혜의 슬픔」에 나오는 구절.

있으면 그녀는 생각에 잠기는 습관에서 벗어나 생기를 되찾았다. 그녀가 그에게 교태를 부린다고 말할 수는 없었다. 그러나 그녀의 행동을 관찰한 시인이라면,

이것이 사랑이 아니면 무엇이랴
Se amor non è che dunque……?

라고 말할 것이다.

부르민은 실제로 매우 사랑스러운 젊은이였다. 그는 여자들의 마음을 사로잡는, 바로 그런 재능을 가지고 있었다. 예의와 관찰력이 있었고 전혀 잘난 척하지 않을뿐더러 태평스럽게 농담하는 재능을 갖추고 있었던 것이다. 마랴 가브릴로브나를 대하는 그의 태도는 소박하고 자연스러웠다. 그러나 그녀가 무슨 말을 하고 무슨 행동을 하건 그의 마음과 시선은 항상 그녀를 따라갔다. 그의 성격은 조용하고 온순하게 보였지만 소문에 의하면 한때 굉장한 장난꾼이었다는데 이는 마랴 가브릴로브나가 그에 대해 갖고 있는 생각에 전혀 손상을 입히지 않았다. (다른 모든 젊은 숙녀들과 마찬가지로) 마랴 가브릴로브나도 용기와 열정을 보여주는 장난은 기꺼이 용서했던 것이다.

그러나 무엇보다도 더(그의 사랑스러움, 그의 편안한 말솜씨, 흥미로운 창백함, 그의 붕대 감긴 팔보다도 더)…… 그녀의 호기심과 상상력을 자극한 것은 젊은 경기병의 침묵이었다. 그녀는 그가 자신을 무척 마음에 들어한다는 것을 인정하지 않을 수

없었다. 아마도 그 또한 자기의 이해력과 경험을 통해 그녀가
그를 각별히 대한다는 것을 이미 알아차릴 수 있었을 것이었
다. 어째서 여태껏 그녀는 그가 자신의 발아래 엎드리는 것을
보지 못하고 아직 그의 고백을 듣지 못한 것일까? 무엇이 그
를 삼가도록 하는 것일까? 진정한 사랑과 뗄 수 없는 부끄러
움일까? 교활한 난봉꾼의 술책일까? 이는 그녀에게 수수께끼
였다. 오랜 생각 끝에 그녀는 수줍음만이 그 유일한 까닭이라
고 결론짓고 더 각별한 주의를 기울이고, 상황에 따라서는 애
정 어린 행동까지 하며 그를 격려하기로 마음먹었다. 그녀는
지극히 갑작스런 결말을 준비하며 초조하게 낭만적인 고백을
고대하고 있었다. 어떤 종류의 비밀이라도 여자의 마음에는
항상 짐이 되는 법이니까. 그녀의 전략은 바라던 성공을 거두
었다. 적어도 부르민이 그렇게도 깊은 생각에 잠기고, 그의 검
은 눈이 그렇게도 불타면서 마랴 가브릴로브나에게 머무르는
것으로 미루어 결정적인 순간이 가까워진 듯이 보였다. 이웃
들은 이미 마무리된 일인 양 결혼식에 대해 얘기했고 선량한
프라스코뱌 페트로브나는 그녀의 딸이 마침내 자기에게 어울
리는 신랑감을 찾은 것을 기뻐하였다.

　　노파는 어느 날 거실에 혼자 앉아서 카드패를 떼고 있었다.
그때 부르민이 방으로 들어와 마랴 가브릴로브나가 있는 곳이
어딘지 물었다.

　　"그녀는 정원에 있네."

　　노파는 대답했다.

　　"가보게. 나는 여기서 기다리고 있겠네."

부르민은 갔고 노파는 성호를 그으면서 아마 오늘은 일이 끝나려나 보다 하고 생각했다.

부르민은 연못가 버드나무 아래, 손에 책을 들고, 하얀 드레스를 입고 마치 소설의 진짜 여주인공처럼 앉아 있는 마랴 가브릴로브나를 발견했다. 의례적인 몇 마디가 끝나자 마랴 가브릴로브나는 일부러 대화를 중단했다. 그런 방법은 상호간에 당혹스러운 느낌을 강하게 들게 하여 이로부터 빠져나오려면 갑작스럽고 확실하게 고백하는 길만이 있을 뿐이다. 바로 그런 상황이었다. 부르민은 자신의 입장이 곤란해졌음을 느끼고 그녀에게 오래전부터 그의 마음을 열어보일 수 있는 기회를 찾고 있었다고 고백하며 잠깐 주의를 기울여달라고 청했다.

"당신을 사랑합니다."

부르민이 말했다.

"당신을 열정적으로 사랑합니다……."

마랴 가브릴로브나는 얼굴을 붉히고 고개를 더 많이 숙였다.

"제가 조심했어야 하는데 결국 매일 당신의 모습을 보고 당신의 목소리를 듣는 달콤한 습관에 빠져버렸습니다." 마랴 가브릴로브나는 여기서 성 프뢰(St. Preux)의 첫번째 편지[13]를 떠올렸다.

"이제 이미 제 운명과 싸우기에는 늦었습니다. 당신에 대한 회상, 당신의 사랑스럽고 비할 데 없는 모습은 이제부터 저의 삶에 고통과 기쁨이 될 것입니다. 그러나 아직 저에게는 어려

---

13) 루소의 서간체 소설 「신(新) 엘로이즈」에 나오는 편지를 말한다.

운 의무를 수행해야 하는 일이 남았습니다. 당신에게 무서운 비밀을 털어놓고 우리들 사이에 극복할 수 없는 벽을 세워야 하는 의무 말입니다⋯⋯."

"벽은 항상 존재했었어요."

마랴 가브릴로브나는 활기를 띠며 대답했다.

"저는 결코 당신의 아내가 될 수 없었어요⋯⋯."

"알아요."

그는 그녀에게 조용히 대답했다.

"언젠가 당신이 사랑을 했다는 것은 압니다. 그러나 죽음과 3년간의 조상(弔喪)으로 이제⋯⋯ 착하고 사랑스런 마랴 가브릴로브나! 제 마지막 위안을 제게서 앗아가려고 하지 마세요. 당신이 저를 행복하게 해주시려 했으리라는 생각을 말입니다. 만약⋯⋯ 오, 아무 말도 마세요. 제발, 아무 말도 하지 마세요. 당신은 제 가슴을 찢어버리시는군요. 네, 저는 압니다. 저는 느낍니다. 당신이 제 것이 되었으리라는 것을. 그러나⋯⋯ 저는 불쌍한 인간이지요⋯⋯ 저는 결혼한 몸입니다!"

마랴 가브릴로브나는 놀라며 그를 쳐다보았다.

"저는 결혼했습니다."

부르민이 계속했다.

"벌써 결혼한 지 4년째 됩니다. 그러나 누가 제 아내인지, 그녀가 어디 있는지, 그녀를 언젠가 만날 수는 있는지조차 모릅니다!"

"무슨 말씀을 하시는 거예요?"

마랴 가브릴로브나가 외쳤다.

"이 얼마나 기이한 일인가요! 계속하세요. 저는 나중에……
말씀해 보세요. 어서요. 듣고 싶어요."

"1812년 초였지요."

부르민이 말했다.

"저는 우리 연대가 있는 빌나로 서둘러 가고 있었지요. 한
번은 역참에 늦게 도착해 말들을 빨리 매라고 막 명령하려는
데 갑자기 무시무시한 눈보라가 일었지요. 그러니까 역참지기
와 마부들이 저더러 눈보라가 지나갈 때까지 기다리라고 하더
군요. 저는 그들의 말을 따랐습니다. 그런데 알 수 없는 불안
이 저를 휩쌌어요. 마치 누군가가 저를 그냥 밀어대는 것같이
말예요. 눈보라는 잠잠해지지 않았어요. 저는 견딜 수가 없었
지요. 다시 말들을 매라고 명하고 눈보라 속으로 곧바로 달렸
습니다. 마부는 언 강을 건너 달려 가려고 했지요. 그러면 길
을 3베르스타나 질러서 갈 수 있었거든요. 그런데 강둑은 눈
으로 덮여 있어 마부는 그만 길로 나가는 지점을 지나쳤어요.
그래서 우리는 모르는 곳에 있게 되었지요. 거센 바람은 잠잠
해지지 않았습니다. 저는 저편 한켠의 불빛을 보고 그리로 가
자고 명령했지요. 우리는 마을에 도착했습니다. 목조 교회에
불이 켜져 있었어요. 교회 문은 열려 있었고 울타리 밖에는
썰매 몇 대가 서 있었지요. 현관 앞에 사람들이 왔다갔다하
고 있었어요. '이리로, 이리로!' 몇몇 사람이 소리쳤습니다. 저
는 마부에게 다가가라고 했지요. '도대체 어디서 그렇게 꾸물
거린 건가?' 누군가 내게 말했지요. '신부가 기절했고 사제는
어쩔 줄 모르고 있네. 우리는 막 돌아가려고 하는 참이었네.

빨리 내리게.' 저는 말없이 썰매에서 내려 두서너 개의 촛불이 희미하게 비치고 있는 교회로 들어갔지요. 처녀는 교회의 어두운 구석에 있는 벤치에 앉아 있었지요. 다른 처녀는 그녀의 양 미간을 비비고 있었어요. '천만다행이에요.' 그 처녀가 말했지요. '가까스로 도착하기는 하셨으니. 아가씨를 죽게 할 뻔하셨어요.' 늙은 사제는 제게로 다가오며 물었지요. '시작할까요?' '시작하세요, 시작하세요.' 저는 정신없이 말했지요. 처녀를 일으켜 세웠어요. 그녀는 상당히 예뻤어요…… 이해도 용서도 할 수 없는 바람 같은 행동이었지요. 저는 그녀와 나란히 제단 앞에 서게 되었습니다. 사제는 서둘렀어요. 남자 셋과 하녀가 신부를 부축하고 그녀를 돌보느라 그녀에게만 온 정신을 쏟았지요. 사제가 혼인 서약을 시켰습니다. '자, 입을 맞추세요.' 하고 말하더군요. 제 아내는 제게로 창백한 얼굴을 돌렸어요……. 저도 그녀에게 입을 맞추려 했지요. 그녀는 비명을 질렀어요. '아이, 그가 아니에요. 그가 아니에요!' 그러고는 정신을 잃고 바닥에 쓰러졌어요. 증인들은 놀란 눈으로 저를 쳐다보았지요. 저는 몸을 돌려 아무 방해도 받지 않고 교회에서 나와서는 마차에 몸을 던지고 소리쳤어요. '가자!'"

"어머, 세상에."

마랴 가브릴로브나가 외쳤다.

"그러고 나서 당신은 불쌍한 당신의 아내가 어찌 되었는지 모르세요?"

"모릅니다."

부르민이 대답했다.

"제가 결혼한 마을이 어디인지 모릅니다. 어느 역참에서 출발했는지도 기억을 못해요. 그 당시 저는 죄스러운 제 장난에 전혀 의미를 두지 않아 교회에서 출발하자마자 잠이 들어서는 다음날 아침에야 깨어났지요. 이미 세번째 역참이더군요. 당시 저와 함께 있었던 하인은 이미 전쟁중에 죽어버려 제가 그렇게도 잔인하게 조롱했고 지금 그렇게도 잔인하게 보복당하고 있는 그 여자를 찾을 수 있다는 희망조차 제겐 없습니다."

"어머, 세상에, 세상에 이럴 수가!"

마랴 가브릴로브나가 그의 손을 잡으면서 말했다.

"그러니까 당신이었군요! 저를 몰라보시겠어요?"

부르민은 얼굴이 창백해졌고…… 그녀의 발아래 몸을 던졌다.

장의사

우리는 매일 관들을 보고 있지 않는가,
노쇠해 가는 우주의 흰 머리카락들을?[14]

———제르쟈빈

   장의사 아드리얀 프로호로프의 마지막 물건들이 장의 마차
에 실렸고, 그러자 비쩍 마른 말 두 필이 마지막 네번째로 바
스만나야 거리에서 장의사와 그의 가족이 이사갈 니키트스카
야 거리까지 장의 마차를 끌고 갔다. 그는 상점을 닫고 문에
다 집을 팔거나 세놓는다고 써 붙이고는 걸어서 새 집으로 갔
다. 아주 오래전부터 그의 상상력을 자극하여 마침내 그가 상
당한 액수를 주고 사들인 노란색 집에 다가가고 있을 때, 늙은
장의사는 놀랍게도 그의 마음이 전혀 기쁘지 않다는 것을 느
꼈다. 낯선 문턱을 넘어 들어가 새 집 안이 온통 어질러져 있
는 것을 보고 그는 예전의 작은 집을 아쉬워하며 한숨 지었

---

14) 제르쟈빈의 시 「폭포」에 나오는 구절.

다. 그 작은 집에서는 18년 동안 모든 것이 엄격한 질서에 따라 유지되고 있었다. 그는 두 딸과 하녀에게 느려 터졌다며 야단을 치고는 자신도 그들을 도왔다. 금세 정리가 되었다. 성상들이 놓여 있는 궤짝, 그릇장, 식탁, 소파, 침대는 뒷방의 정해진 구석에 놓았고, 부엌과 거실에는 주인이 제작한 다양한 색깔과 크기의 관, 장례 모자, 상복, 홰 등을 넣은 장들이 자리를 차지했다. 대문 위에는 통통한 큐피트가 손에 횃불을 거꾸로 들고 있는 그림과 함께 '민자 관, 채색 관 판매·제작합니다. 임대도 가능하며 낡은 관들은 수리합니다'라고 적은 간판을 걸었다. 처녀들은 자기 방으로 돌아갔다. 아드리얀은 자기 거처를 돌아보고 창가에 앉아 차를 준비시켰다.

교양 있는 독자들은 셰익스피어나 월터 스콧이 모두 독자가 기대하는 바의 정반대를 그려 상상력에 충격을 주려고 무덤 파는 사람들을 지극히 유쾌하고 장난스러운 사람들로 묘사했음을 알고 있을 것이다. 그러나 우리는 진실에 대한 경의에서 그들의 예를 따를 수 없으며 우리 장의사의 성격은 완전히 음울한 그의 생업에 상응한다는 것을 고백하지 않을 수 없다. 아드리얀 프로호로프는 통상 음울하고 침울했다. 그가 침묵을 깨뜨리는 경우는 딸들이 하는 일 없이 창밖으로 지나가는 사람들을 쳐다보는 것을 발견하여 그들을 야단칠 때나, 그의 물건들을 필요로 하는 불행을 당한 사람들(또는 종종 만족을 느끼는 사람들)에게 과하게 비싼 값을 요구할 때뿐이었다. 그렇게 아드리얀은 창가에 앉아 일곱 잔째 차를 들이켜며 그의 습관대로 우울한 생각에 잠겨 있었다. 그는 일주일 전에 내린 폭우에 대해 생각하고 있었다. 비는 퇴역한 여단장의 장례 행렬에 쏟아졌다. 이 비로 상복들이 여러 벌 젖고, 모자들도 못 쓰게 되었다. 그는 상복들이 오래되어 낡았기 때문에 어쩔 수 없이 경비가 들어가야 한다고 보았다. 그는 이로 인한 지출을 상점을 하는 노파 트류히나에게서 보상받으려는 희망을 품고 있었다. 그러나 트류히나는 라즈굴랴이에서 죽어가고 있었으므로 그녀의 상속인들이 그와 약속을 했는데도 불구하고 그렇게 먼 거리에 있는 그에게 사람 보내기가 귀찮아 가까이 있는 업자와 거래하면 어쩌나 걱정이 되었다.

이런 생각은 예기치 않은 자유 석공 조합 식의 노크 세 번에 의해 끊겼다.

"뉘시오?"

장의사는 물었다. 문이 열리자 독일 수공업자임을 첫눈에 알아볼 수 있는 남자가 방으로 들어와 유쾌한 표정으로 장의사에게 다가왔다.

"친애하는 이웃 사람, 죄송합니다."

그는 우리가 웃지 않고는 들어줄 수 없는 독일식 러시아말 투로 말했다.

"방해해서 죄송합니다. 저는 당신과 좀더 빨리 사귀고 싶었습니다. 저는 구두장이이고 제 이름은 고틀립 슐츠이며 길 건너편에, 당신네 창문을 마주보는 집에 삽니다. 내일 은혼식을 하는데 우리 집에서 친구처럼 식사를 같이 해주십사고 당신과 당신 따님들에게 청합니다."

초대는 정중히 받아들여졌다. 장의사는 구두장이에게 앉아서 차를 한잔 하라고 청했고, 고틀립 슐츠의 열린 성격 덕분으로 그들은 이내 정답게 이야기를 나누게 되었다.

"댁의 장사는 어떠신지요?"

아드리얀이 물었다.

"에헤헤."

슐츠가 대답했다.

"이럴 때도 있고 저럴 때도 있고 그렇지요. 불평할 수는 없어요. 물론 제 물건은 댁의 것과 같지는 않지요. 산 사람은 장화 없이도 살지만 죽은 사람은 관 없이는 살 수 없지요."

"정말 진리입니다."

아드리얀이 말했다.

"그러나 산 사람은 장화 살 돈이 없으면, 화내지 마세요, 맨발로 다니지만요, 죽은 사람은 가난하면 공짜 관이라도 있어야 하지요."

이런 식으로 둘 사이의 대화는 얼마간 더 이어졌다. 드디어 구두장이가 일어나 다시 한번 초대의 말을 하며 장의사와 작별 인사를 했다.

다음날 정각 12시에 장의사와 그의 딸들은 새 집의 울타리를 나와 이웃집으로 향했다. 나는 아드리얀 프로호로프의 러시아식 카프탄도, 아쿨리나와 다랴의 유럽식 의상도 묘사하지 않으려 하는데 이는 요즈음 이곳 소설가들의 관습에서 벗어나는 일이다. 그러나 두 처녀가 무슨 특별한 날에만 하는 옷차림으로 노란 모자를 쓰고 빨간 구두를 신었다고 말하는 것은 소용없는 일은 아니라고 생각한다.

구두장이의 좁은 집은 손님들로 가득 차 있었다. 대부분은 독일인 수공업자들이었는데 아내와 도제를 동반하고 왔다. 러시아 관리들 중에서는 핀란드인 순경 유르코가 있을 뿐이었다. 그는 보잘것없는 관등에도 불구하고 이 집 주인의 각별한 호의를 얻을 수 있었다. 그는 20년 가량 이 직책에 포고렐스키 소설에 등장하는 우편 배달부처럼 성심성의껏 봉사해 왔다. 1812년의 화재가 제1수도 모스크바를 파괴했을 때 그의 노란 파출소 건물도 불타버렸었다. 그러나 적을 물리치자마자 그 자리에 도리아식 하얀 기둥이 달린 회색 파출소가 새로 세워졌는데 유르코도 다시 그 옆에서 경찰 도끼를 들고 회색 나사로 만든 흉갑 경찰복[15]을 입고 왔다갔다하였다. 그는 니키타 대문 부근에 사는 독일인들을 대부분 알고 있었는데 그들 중에는 유르코의 파출소에서 일요일부터 월요일까지 묵고 간 사람들도 있었다. 아드리얀은 조만간 필요할지도 모르는 이 사람과 당장 사귀었고 그래서 손님들이 식탁에 앉게 되었을 때 둘은 나란히 앉았다. 슐츠 씨와 슐츠 부인, 그리고 열일곱 살 된 딸 롯데는 모두 함께 손님들을 대접했으며 하녀를 도왔다. 맥주가 넘쳐흘렀다. 유르코는 4인분을 먹었다. 아드리얀도 그에 못지않았다. 그의 딸들은 얌전을 뺐다. 독일어 대화는 시간이 갈수록 시끄러워졌다. 갑자기 집주인이 주의를 기울여달라며 차게 식힌 술병의 마개를 따고 러시아어로 크게 말했다.

---

15) 순경들에 대한 일반적인 묘사이다. 이즈마일로프의 우화 「바보 파호모브나」에서 나왔다.

"내 착한 루이자의 건강을 위하여!"

섹트[16]가 거품 소리를 내었다. 집주인은 마흔 살 된 반려의 생기 있는 얼굴에 부드럽게 입을 맞추었고 손님들은 착한 루이자의 건강을 위하여 떠들썩하게 잔을 비웠다.

"내 친애하는 손님들의 건강을 위하여!"

집주인은 두번째 병을 따며 말했고 손님들은 다시 잔을 비우며 그에게 감사의 말을 했다. 이제 각각을 위해서 건배하게 되었다. 각각의 손님들을 위하여 따로따로 건배했고, 모스크바와 열둘이나 되는 독일의 도시들을 위하여 건배했고 모든 직공 조합 전체를 위해, 그리고 또 개개의 조합을 위해 건배했고, 장인과 도제 등을 위해 건배했다. 아드리얀도 열심히 마셨고 기분이 무척 좋아져서 그 자신도 장난기 어린 건배까지 제안하게 되었다. 갑자기 손님들 중에서 뚱뚱한 제빵 기술자 한 사람이 잔을 들고 소리쳤다.

"우리가 일을 해주는 모든 사람들, 우리의 고객들(Unsere Kundleute)의 건강을 위하여!"

모든 건배처럼 이 또한 기꺼이 그리고 이견 없이 받아들여졌다. 손님들은 서로서로 인사말을 했다. 양복장이는 구두장이에게, 구두장이는 양복장이에게, 제빵 기술자는 그들 둘에게, 모두가 제빵 기술자에게, 등등으로 건배하면서. 이렇게 서로서로 인사말을 하는 가운데 유르코가 자기 옆에 앉은 이를 향해 몸을 돌리며 소리쳤다.

---

16) 반(半) 샴페인을 말한다.

"어때요? 친구, 당신의 망자들을 위해서 건배할까요?"

모두들 소리내어 웃었으나 장의사는 모욕감을 느꼈고 그래서 얼굴을 찌푸렸다. 아무도 그것을 알아채지 못했고 손님들은 계속해서 술을 마셨다. 그들이 식탁에서 일어났을 때는 벌써 저녁 미사를 알리는 종이 울리고 있었다.

손님들은 늦게 헤어졌고 그들 대부분은 흥이 올라 있었다. 뚱뚱한 제빵 기술자와

얼굴이 붉은 염소 가죽을 붙여 장정한 것처럼 보이는[17]

책 장정업자가 유르코를 부축하여 파출소로 데려감으로써 빚은 갚아야 아름답다는 러시아 속담을 지켰다. 장의사는 취하고 화가 난 채 집으로 돌아왔다.

"그게 도대체 뭐 하는 짓들이야."

그는 큰소리로 비난했다.

"내 직업이 다른 것보다 뭐가 떳떳치 못하다는 거야? 장의사가 뭐 망나니 형제라도 되나? 뭣 때문에 이교도들이 비웃는 거야? 장의사가 크리스마스 주간[18]의 어릿광대란 말이야? 집들이에 그 사람들을 초대해서 산더미같이 요리를 준비하려 했었는데 그런 사람들은 필요 없어! 대신 내 고객들을 부를

---

17) 크냐쥐닌의 희극 「허풍쟁이」에 나오는 구절을 변형한 것이다.
18) 그리스도 탄생일(12월 25일)과 그리스도가 서른번째 탄생일에 하느님으로부터 세례를 받고 정식으로 하느님의 아들로 인정된 날(1월 6일) 사이의 축제 기간.

거야. 죽은 러시아 정교인들 말이야."

"뭐예요, 영감님."

그때 그의 옷을 벗겨주던 하녀가 말했다.

"무슨 말씀을 하시는 거예요? 성호를 긋고 용서를 빌어요!
죽은 사람들을 집들이에 초대한다니! 무슨 그런 무서운 말이
있어요!"

"에잇, 하느님께 맹세코 내일 당장 부를 테야."

아드리얀이 계속했다.

"은인들이시여, 내일 저녁 저희 잔치에 오시는 은혜를 베풀
어주옵소서. 하느님이 주신 것으로 대접하겠나이다."

이 말과 함께 장의사는 침대에 드러누워 코를 골았다.

사람들이 아드리얀을 깨웠을 때 마당은 아직 어두웠다. 여
자 상인 트류히나가 바로 지난 밤 운명하였다는 소식을 전하
러 그녀의 점원이 보낸 심부름꾼이 말을 타고 아드리얀에게
왔다. 장의사는 그에게 보드카를 마시라고 동전을 주고 옷을
입었다. 그리고 서둘러 마부를 불러 라즈굴랴이로 갔다. 고인
의 대문 근처에는 경찰이 서 있었고 시체 냄새를 맡은 까마귀
떼처럼 상인들이 왔다갔다하고 있었다. 죽은 여자는 아직 썩
어 문드러지지는 않은 채 밀랍처럼 노랗게 변해 탁자 위에 누
워 있었다. 그녀 곁에는 친척, 이웃, 하인 등이 빼곡이 서 있었
다. 모든 창문이 열려 있었고 촛불들이 타고 있었다. 사제들은
기도문을 외우고 있었다. 아드리얀은 유행하는 프록코트를 입
은 젊은 상인, 트류히나의 조카에게 다가가서 관, 촛불, 수의,
그리고 다른 장례용품들이 곧 빠짐없이 도착하게 될 것이라

고(故) 이반 페트로비치 벨킨의 이야기

고 말했다. 유산 상속자는 그에게 정신없이 고맙다고 말하며 값을 흥정하지는 않겠으며 모든 것을 그의 양심에 맡기겠다고 말했다. 장의사는 의례히 하는 대로 경비 이상의 것은 조금도 받지 않겠다고 맹세하고는 점원과 의미 있는 시선을 교환한 후 준비를 하러 떠나왔다. 하루 종일 그는 라즈굴랴이와 니키타 대문 사이를 왕래하여 저녁 무렵까지 모든 것을 다 주선하고 마부를 보낸 후 걸어서 집으로 갔다. 달밤이었다. 장의사는 별 탈 없이 니키타 대문까지 왔다. 보즈네세니 부근에서 그의 친구인 우리의 유르코가 소리쳐 그를 부르며 밤 인사를 했다. 늦은 시각이었다. 장의사가 자기 집에 거의 다 왔을 때 그의 집 대문으로 누군가가 다가와 울타리 문을 열고 안으로 몸을 감추는 듯했다. '이게 무슨 일일까?' 아드리얀은 생각했다. '내게 누가 또 볼일이 있는 걸까? 도둑이 벌써 기어든 것이 아닐까? 내 바보 계집애들에게 애인이라도 다녀가는 건가? 이럴 수가!' 그리고 장의사는 벌써 친구 유르코의 도움을 청하며 소리를 지르려고 생각하고 있었다. 그 순간 누군가가 울타리로 다가와 들어가려고 하다가 달려오는 집주인을 보고 멈춰 서서 삼각모를 벗었다. 아드리얀은 아는 듯한 얼굴이었지만 서두르느라고 꼼꼼히 살펴보지 못했다.

"저희 집을 방문하시는군요."

숨을 헐떡이며 아드리얀이 물었다.

"어서 안으로 드시지요."

"너무 격식 차리지 마, 이 친구야."

그가 둔탁한 목소리로 말했다.

"먼저 들어가. 손님들을 안내해 봐!"

아드리얀은 격식을 차리고 말고 할 겨를도 없었다. 울타리 문은 열려 있었다. 그는 현관으로 올라갔고 그 사람도 뒤를 따라왔다. 방들마다 사람들이 왔다갔다하는 듯했다.

"이게 웬 귀신딱지야!"

그는 이렇게 생각하며 서둘러 들어갔다. ……그는 두 다리가 잘린 듯 힘이 빠져버렸다. 방은 죽은 사람들로 가득 차 있었다. 달빛이 창문을 통하여 그들의 누렇고 푸른 얼굴, 늘어진 입술, 반쯤 감긴 희미한 눈과 불거진 코를 비추고 있었다. …… 아드리얀은 공포감에 휩싸여 그가 장사 지낸 사람들의 얼굴을 알아보았고 그와 같이 들어온 손님은 비가 퍼붓던 날 매장된 여단장이라는 것을 알아차렸다. 그들, 숙녀들과 남자들은 모두 절을 하거나 인사를 하며 장의사를 둘러쌌는데 한 사람만은 예외였다. 그 사람은 얼마 전 무상으로 매장된 사람인데 자신의 누더기가 마음에 걸리고 창피해서 다가오지 못하고 가만히 구석에 서 있었다. 다른 사람들은 모두 옷을 잘 차려입고 있었다. 죽은 여자들은 모자를 쓰고 상장 리본을 달았으며, 죽은 관리들은 수염은 깎지 않았지만 제복을 입고 있었고, 상인들은 축제일용 웃옷을 입고 있었다.

"프로호로프, 보이지."

여단장이 이 멋들어진 집단 전체의 이름으로 말하였다.

"우리 모두가 초대에 응해 일어났다네. 집에 남은 사람들은 이미 다 썩어서 가죽은 없고 뼈만 남아 올 수 없는 자들뿐이었네. 그러나 여기 꼭 오고 싶어서 온 사람이 있네……."

이때 조그만 해골이 사람들의 무리를 비집고 아드리얀에게 다가왔다. 해골바가지가 아드리얀에게 상냥스레 미소 지었다. 밝은 초록빛과 붉은빛의 헝겊 조각, 낡은 베옷 조각이 막대기에 걸려 있는 것처럼 해골 위에 걸쳐져 있었고 다리의 뼈들은 절구통 속의 절구공이처럼 무릎까지 오는 긴 장화를 신고 있었다.

"날 못 알아보는군, 프로호로프."

해골이 말했다.

"근위대 퇴역 중사 표트르 페트로비치 쿠릴킨을 기억하나? 자네가 1799년 첫번째 관을 팔았던 사람 말이네. 그때 자네는 소나무관을 참나무관이라고 속였었지."

이 말과 함께 죽은 사람은 그에게 팔뼈를 뻗치며 포옹하려 했다. 그러나 아드리얀은 있는 힘껏 소리치며 그를 밀쳤다. 표트르 페트로비치는 건들건들하더니 넘어져서 산산히 부서져 버렸다. 죽은 사람들 사이에서 성난 불만의 소리가 높아졌다. 모두들 자기 친구의 명예를 위해 나서서 욕을 하고 협박을 하며 아드리얀에게 다가들었고, 불쌍한 집주인은 그들의 고함소리에 귀가 먹먹해지고 숨이 막히고 정신이 아득해져서 근위대 퇴역 중사의 뼈다귀 위로 쓰러져 정신을 잃었다.

해는 이미 한참 전부터 장의사가 누워 있는 침대를 비추고 있었다. 마침내 그는 눈을 뜨고 그의 앞에서 사모바르에 불을 붙이고 있는 하녀를 보았다. 아드리얀은 경악하며 어제 있었던 모든 사건들을 떠올렸다. 트류히나, 여단장, 퇴역 중사 쿠릴킨이 희미하게 그의 상상 속에 떠올랐다. 그는 그녀가 자기와 이야기를 시작하고 어젯밤의 기이한 사건의 결과에 대해 설명해 주기를 말없이 기다렸다.

"잘도 주무시데요. 영감님, 아드리얀 프로호비치 님."

아크시냐가 그에게 실내 가운을 건네며 말했다.

"양복장이와 이 지역 순경이 오늘이 경찰서장의 명명일[19]이라면서 들렸었어요. 그런데 주무시고 계셔서 깨우고 싶지 않았지요."

"죽은 트류히나에게서는 사람이 오지 않았나?"

"죽은 사람이라니요? 그녀가 죽었나요?"

"이런 바보야, 네가 어제 내가 그 여자 장례 준비하는 걸 돕지 않았니?"

"무슨 소리예요, 영감님? 정신이 돌아버리신 건가요, 아님 어제 술이 아직 덜 깬 거예요? 어제 무슨 장례가 있었단 말예요? 하루종일 독일 사람 잔치하는 데 가서 잡수시고 취해서 돌아와 침대에 눕더니, 저녁 미사 때까지도 주무시던데요."

"오, 그랬나!"

기쁨에 넘친 장의사가 말했다.

"정말 그랬어요."

일하는 여자가 대답했다.

"자, 그렇다면 어서 차를 따르고 내 딸들을 불러라."

---

19) 세례명을 딴 성자의 생일을 말한다.

역참지기

말단 14등관
역참의 독재자.[20]

——뱌젬스키

그 누가 역참지기들을 저주하지 않았으랴? 그 누가 그들
과 싸워보지 않았으랴? 그 누가 화가 난 순간에 그들의 부당
한 대우, 거친 태도, 업무 태만에 대해 소용도 없는 고발을 하
려고 그들에게 역참 장부, 그 운명의 책을 요구하지 않았으랴?
그 누가 그들을 죽은 관청 서기나 적어도 무롬 숲의 강도 같
은 인간 쓰레기로 여기지 않았으랴? 그러나 우리가 한번 그들
의 처지가 되어 공정하게 생각해 본다면 그들을 훨씬 더 사려
깊게 판단하게 될 것이다. 역참지기란 무엇인가? 14관등의 진
짜 수난자로서 그나마 그것도 관등이긴 하여 겨우 구타를 면

20) 뱌젬스키 공작(1792~1878)은 푸시킨과 가까운 친구로서 이 구절은 그
의 작품 「역참」에 나온다.

하는데, 항상 그런 것도 아니다. (나의 독자 여러분의 양심에 호소한다.) 뱌젬스키 공작이 농담조로 독재자라고 부른 역참지기의 직무란 어떤 것인가? 진짜 고역이 아닌가? 낮이고 밤이고 편할 때가 없다. 여행객은 지루한 여행에서 누적된 모든 짜증을 역참지기에게 쏟아붓는다. 날씨가 지긋지긋하게 나빠도, 길이 더럽게 나빠도, 마부가 말을 안 들어도, 말이 말을 안 들어도 모두 역참지기의 탓인 것이다. 그의 초라한 처소로 들어오면서 여행객은 적을 마주하듯 그를 노려본다. 이 불청객으로부터 빨리 벗어날 수 있으면 그나마 다행이다. 그런데 만약 말이 없기라도 하면? 오 맙소사, 어떤 욕설과 협박이 그의 머리 위로 쏟아지는지! 비가 오면 빗속으로 진창 속으로 그는 이 마당, 저 마당을 뛰어다니며 마구를 챙겨야 한다. 눈보라치는 겨울 혹독한 추위에도 한 순간만이라도 신경이 곤두선 숙박인의 고함과 떼밀음을 피하려면 현관 마루로 나와 있어야 한다. 장군이 도착하면 역참지기는 벌벌 떨며 그에게 마지막 남은 삼두마차 두 대용 여섯 필을 내어준다. 그중에는 급사용(急仕用)도 들어 있다. 장군은 고맙다는 말도 없이 떠나간다. 5분이 지나자 초인종 소리! 급사가 들이닥쳐 역마권을 그의 책상 위로 내던진다. ……이 모든 것을 잘 생각해 보면 우리의 가슴은 분노 대신 진심 어린 동정으로 가득 찰 것이다. 몇 마디만 덧붙이면, 나는 20년 동안 계속 러시아를 사방팔방으로 여행했다. 거의 모든 역마차 길을 알고 있고 마부들도 몇 세대를 안다. 내가 얼굴을 모르거나 나와 마주친 적 없는 역참지기는 드물다. 나는 조만간 여행하면서 지켜본 일들의 흥미로운 보고(寶庫)를 출판하려고 한다. 이 시점에서는 다만 역참지기라는 계층이 사람들의 눈에 지극히 잘못 비추어지고 있다는 사실만 말해 두겠다. 이토록 사람들이 헐뜯는 역참지기들은 정말이지 온순한 사람들로 천성이 공손하고 붙임성이 있으며 자신을 내세우거나 하지 않고 돈 욕심이 그다지 많지도 않다. 그들과의 대화(여행하는 신사분들은 이 대화들을 경멸하는 우를 범하고 있지만)에서는 흥미롭고 교훈적인 것들을 많이 건질 수 있다. 나로 말할 것 같으면 솔직히 고백하건대 공적인 일로 여행하는 6등관의 얘기보다 그들의 수다를 더 좋아한다.

나에게 이처럼 존경할 만한 역참지기라는 직종에 속한 친구들이 있으리라는 것을 짐작하기란 쉬울 것이다. 실제로 나는 그들 중 한 사람에 대한 기억을 소중하게 간직하고 있다. 우리는 언젠가 우연히 가까운 사이가 되었는데 나는 지금 사랑하는 독자들과 그 사람에 대한 이야기를 하려고 한다.

1816년 5월 나는 ○○○현을 지나 지금은 없어진 역마차 길을 따라 여행하게 되었다. 그때 나는 낮은 관등에 있었기 때문에 우편마차를 타고 다니며 말 두 필 값만 지불하였다. 그 결과 역참지기들은 나를 수월하게 대했고 나는 종종 내 권리에 속한다고 생각했던 것들을 싸워야만 얻어낼 수 있었다. 젊고 혈기에 차 있었던 나는 역참지기가 내 몫으로 준비된 세 필의 말을 고관의 마차에 매어줄 때면 이 말자의 저열함과 소심함에 분노하곤 했다. 마찬가지로 오랫동안 나는 현 지사의 만찬에서 영리한 하인이 요리가 담긴 그릇을 들고 나를 그냥 지나쳐버리는 것에도 익숙해질 수 없었다. 그러나 지금은 이것도 저것도 다 사물의 이치에 어긋난 것이 아니라고 본다. 실제로 일반적으로 편리한 법칙인 관등순 대신 다른 법칙, 예를 들어 지혜순 법칙이 도입된다면 무슨 일이 벌어질 것인가? 논쟁도 어마어마할 테고 하인들은 대체 누구 접시에 먼저 요리를 담아야 할 것인가? 아무튼 이제 내 이야기로 돌아가련다.

날은 더웠다. ○○○역에서 3베르스타 되는 곳에서 빗방울이 떨어지기 시작하더니 순식간에 억수같이 쏟아져서 나는 속옷까지 흠뻑 젖어버렸다. 역참에 도착하자마자 제일 먼저 해야 했던 일은 될수록 빨리 옷을 갈아입는 것이었고 그 다음은 차를 청하는 일이었다.

역참지기가 소리쳤다.

"얘, 두냐!"

"사모바르에 불을 붙이고 크림을 가지고 오렴."

이 말에 칸막이 뒤에서 열네 살 정도 된 소녀가 나와서 현관 마루로 뛰어갔다. 그녀의 아름다움에 나는 놀라지 않을 수 없었다.

"저 애가 자네 딸인가?"

나는 역참지기에게 물었다.

"딸입죠."

상당한 자부심을 보이며 그가 대답했다.

"아주 영리하고 몸이 재지요. 꼭 죽은 엄마를 닮았습죠."

그는 곧 내 역마권을 보며 장부에 옮겨 적기 시작했고, 나는 소박하지만 정돈된 그의 처소를 장식하고 있는 그림들을 관찰하기 시작했다. 그림들은 길 잃은 아들의 이야기를 그리고 있었다. 첫번째 그림에서는 둥근 실내모를 쓰고 실내복을 입은 위엄 있는 노인이 안절부절못하는 젊은이를 떠나보내고 있는데 그는 노인으로부터 축복과 돈 보따리를 성급히 받고 있다. 다음 그림에는 선명한 필치로 젊은이의 방탕한 행동이 그려져 있었다. 그가 거짓된 친구들과 수치를 모르는 여자들에게 둘러싸인 채 식탁에 앉아 있는 장면이었다. 그 다음 그림에는 돈을 탕진해 버린 젊은이가 삼각모를 쓰고 누더기를 걸친 채 돼지들을 치면서 돼지들과 먹이를 나누어 먹고 있었는데 그의 얼굴에는 깊은 슬픔과 후회가 서려 있었다. 마지막 그림은 그가 아버지에게로 귀환하는 장면이었다. 선량한 노인이 예전의 그 둥근 실내모를 쓰고 실내복을 입고 아들을 향해 뛰어나간다. 길 잃은 아들은 무릎을 꿇고 있다. 배경에는 요리사가 살진 송아지를 잡고 있고 맏형은 하인들에게 무슨 기쁜 일이 있느냐고 묻는다. 각각의 그림 밑에서 나는 그림에 어울리는 독일어 시구들을 읽었다. 이 모든 것이, 발자민 꽃을 심은 화분들, 알록달록한 휘장이 달린 침대, 그때 나를 둘러싸고 있던 모든 다른 물건들과 함께 아직까지 내 기억 속에 보존되어 있다. 쉰 살쯤 된 생기 있고 건장한 주인, 그리고 닳아서 반들반들해진 리본 끈에 달린 훈장이 세 개 걸려 있던 그의 긴 초록빛 프록코트가 지금도 막 눈앞에 보이는 듯하다.

　내가 늙은 마부에게 돈을 셈하여 지불하기도 전에 두냐는 사모바르를 가지고 다시 왔다. 상냥하고 애교 있는 이 소녀는 두번째로 나를 보더니 자기가 나에게 어떤 인상을 주었는지 알아챘다. 그녀는 커다랗고 푸른 두 눈을 내리깔았다. 나는 그녀와 대화를 시작했고 그녀는 사교계의 자신 있는 처녀처럼 침착하고 또렷하게 나에게 대답했다. 나는 그녀의 아버지에겐 펀치를 한잔 권했고, 두냐에게는 차 한잔을 주었다. 우리 셋은 오랜 친구처럼 이야기를 나누기 시작했다.

말들은 벌써 오래전에 준비되었는데도 나는 여전히 역참지기와 그의 딸과 헤어지고 싶지 않았다. 마침내 나는 그들과 작별 인사를 했다. 아버지는 내게 행운을 빌어주었고 딸은 나를 마차까지 배웅했다. 나는 현관 마루에서 멈춰 서서 그녀에게 키스를 허락해 달라고 청했다. 두냐는 동의했다……. 나는 키스라는

행위를 시작한 이래로,

많은 키스를 헤아려볼 수 있지만 그 어떤 키스도 내게 이렇게 오랫동안 기분 좋은 기억을 남기지는 못했다.

몇 년이 흘렀고 또다시 나는 바로 그 역마차 길, 바로 그 장소로 가게 되었다. 나는 늙은 역참지기의 딸을 떠올리며 그녀를 다시 볼 수 있으리라는 생각에 즐거워졌다. 그러나 늙은 역참지기가 아마도 벌써 교체되었으리라는, 그리고 두냐가 아마도 벌써 시집을 갔으리라는 생각도 잠시 들었다. 역참지기나 두냐의 죽음에 대한 생각도 동시에 내 머릿속을 스쳐갔고, 하여 나는 슬픈 예감을 가지고

○○○역으로 다가갔다.

말들은 역참 건물 곁에 멈춰 섰다. 방안으로 들어가서 나는

고(故) 이반 페트로비치 벨킨의 이야기

곧 길 잃은 아들의 이야기를 그린 그림들을 알아보았다. 책상과 침대도 예전의 자리에 있었다. 그러나 더 이상 창가에는 꽃을 심은 화분들이 놓여 있지 않았고, 주위의 모든 것은 낡아버리고 방치되어 있음이 역력했다. 역참지기는 꺼칠꺼칠한 털가죽 외투를 덮고 잠들어 있었다. 내가 도착하자 그는 잠에서 깨어났다. 그는 몸을 조금 일으켰다. ……삼손 브린이 틀림없었다. 그러나 얼마나 늙었던지! 그가 내 역마권을 옮겨 적는 동안 나는 그의 백발과 오랫동안 면도를 하지 않아 꺼칠꺼칠한 얼굴에 팬 깊은 주름살, 굽은 등을 바라보고는 3, 4년이라는 세월이 활기찬 남자를 이토록 허약한 노인으로 변모시킨 것에 대해 아무리 놀라도 모자랄 지경이었다.

"자네 날 알아보겠나?"

나는 그에게 물었다.

"우리는 오랜 친구가 아닌가."

"그럴지도 모르지요."

그는 음울하게 대답했다.

"여기는 큰길 가까이에 있어서 많은 승객들이 제 집에 머물렀다 가지요."

"자네 딸 두냐는 잘 지내나?"

나는 계속했다. 노인은 눈살을 찌푸렸다.

"알 수 없지요."

라고 그가 대답했다.

"그러니까 시집을 간 모양이로군?"

노인은 내 질문을 못 들은 척하고 계속 낮은 소리로 중얼거리며 내 역마권을 읽었다. 나는 질문을 중단하고 차를 시켰다. 나는 호기심으로 안절부절못했고 펀치가 나의 옛 친구의 혀를 풀어주기만 바랐다.

내 생각은 틀리지 않았다. 노인은 술잔을 거절하지 않았다. 럼주가 그의 우울함을 조금 가시게 한 것 같았다. 두 잔째에 그는 나를 기억해 냈는지 아니면 기억해 낸 척하는 것인지는 몰라도 좀더 말이 많아졌고 나는 당시 강하게 나를 사로잡았고 감동시켰던 이야기를 듣게 되었다.

"그래 나리가 두냐를 알았단 말이죠?"

그는 시작했다.

"누가 그 애를 모르겠어요? 아, 두냐, 두냐! 참 굉장한 애였어요! 지나가는 사람 누구나 항상 칭찬만 했지 나무라는 법이 없었지요. 귀부인들은 손수건이나 은 귀걸이를 선물하기도 했지요. 여행하던 신사분들은 마치 점심이나 저녁을 먹으려는 것처럼 머물곤 했지만 사실은 그 애를 좀더 오래 바라보려고 그랬을 뿐이었어요. 아무리 화가 난 나리라도 그 애 앞에서는 잠잠해졌고 저에게 친절하게 말을 건넸지요. 나리, 거짓말이 아니에요. 급사들이나 전령들까지도 그녀와 반 시간 이상 이야기를 했어요…… 집안 살림도 그 애가 다 했지요. 집안 치우는 일이건 음식 만드는 일이건 모든 걸 척척 잘 해냈죠. 그리고 저는, 이 늙은 바보는 그 애를 아무리 봐도 모자랄 지경이었고, 그 애를 바라보고 아무리 기뻐해도 모자랄 지경이었지요. 제가 제 두냐를 사랑하지 않았나요? 제가 제 자식새끼를 귀엽다고 얼러주지 않았나요? 그녀에게 보금자리가 없었나요?

역시 할 수 없어요. 불행으로부터는 달아날 수가 없어요……
운명은 피할 수가 없지요."

여기서 그는 상세하게 자신의 고통을 털어놓았다. 3년 전
어느 겨울 저녁 역참지기는 새 장부책에 줄을 긋고 있었고 두
냐는 칸막이 뒤에서 자기 옷을 만들고 있었는데 한 삼두마차
가 다가왔다. 여행자는 체르케스 털모자를 쓰고 군인용 털가
죽 외투를 입고 털목도리를 두르고 방안으로 들어와 말을 요
구했다. 말은 한 마리도 남아 있지 않았다. 사정을 듣자 여행
객은 언성을 높이고 채찍을 높이 쳐들었다. 그러나 이런 상황
에 익숙한 두냐가 칸막이 뒤에서 나와 상냥하게 여행객을 대
하면서 무엇이라도 좀 잡수시는 게 좋지 않겠느냐고 물었다.
두냐의 출현은 항상 그랬듯이 똑같은 효과를 가져왔다. 여행
객의 분노는 가라앉았다. 그는 말들을 기다리기로 하고 저녁
을 주문했다. 축축한 털북숭이 모자를 벗고 털목도리를 풀고
털가죽 외투를 벗으니 그는 젊고 균형 잡힌, 검은 콧수염을
기른 경기병이었다. 그는 역참지기 옆에 자리를 잡고는 그와
그의 딸과 함께 유쾌하게 이야기를 나누기 시작했다. 저녁이
나왔다. 그사이 말들이 도착했고 역참지기는 말들에게 먹이를
주지 말고 곧장 여행객의 마차에 매라고 명했다. 그러나 돌아
와 보니 젊은이는 거의 의식을 잃고 소파에 누워 있었다. 어지
럼증과 두통 때문에 떠날 수가 없었던 것이다. 방법이 없었다!
역참지기는 그에게 자기 침대를 내주었고, 만일 환자의 상태
가 나아지지 않으면 다음날 아침 S○○○시로 의사를 부르러
보내기로 하였다.

다음날 경기병의 상태는 더 나빠졌다. 그의 부하는 말을 타고 도시로 의사를 부르러 갔다. 두냐는 그의 머리를 식초에 적신 수건으로 동여매고는 옷바느질감을 가지고 그의 침대 곁에 앉았다. 환자는 역참지기가 있으면 신음소리만 낼 뿐 거의 아무 말도 하지 않았으나 그래도 커피를 두 잔이나 마시고는 신음소리를 내며 점심을 주문하였다. 두냐는 그에게서 떠나지 않았다. 그는 쉴 새 없이 마실 것을 청했고 두냐는 그럴 때마다 그에게 그녀가 만든 레몬수를 한 잔씩 가져다주었다. 환자는 입술을 축이고 잔을 돌려주면서 매번 감사의 표시로 힘없는 손으로 두냐의 손을 잡았다. 점심 무렵에 의사가 도착했다. 그는 환자의 맥박을 짚어보고 그와 독일어로 좀 이야기를 나누더니 러시아어로 그는 안정만 취하면 한 이틀 후에는 길을 떠날 수 있을 거라고 단언했다. 경기병은 그에게 왕진료로 25루블을 주고 식사를 함께 하자고 했다. 의사는 그러기로 했다. 둘은 왕성한 식욕으로 포도주까지 한 병 비우고는 서로에게 매우 만족하여 헤어졌다.

　하루가 더 지나갔고 경기병도 완전히 회복되었다. 그는 극도로 즐거워했고 잠시도 입을 다물지 않고 두냐 아니면 역참지기와 농담을 했다. 휘파람으로 노래를 흥얼거리고 여행객들과 이야기하며 그들의 역마권을 역참 장부에 옮겨 적기도 하여 사람 좋은 역참지기는 그를 매우 좋아하게 되었으며 셋째 날 아침이 되자 자기 집에 머물렀던 다정한 숙박인과 헤어지는 것이 못내 섭섭하기까지 했다. 일요일이었다. 두냐는 교회에 갈 차비를 하고 있었다. 경기병이 타고 갈 마차가 나왔다.

그는 역참지기에게 숙박비와 식비를 후하게 지불하고 그와 작별 인사를 했다. 그는 두냐와도 작별 인사를 하고 그녀를 마을 끝에 있는 교회까지 태워다 주겠다며 나섰다. 두냐는 망설이며 서 있었다……

"뭐가 무섭니?"

아버지는 딸에게 말했다.

"나리는 늑대가 아니니 너를 잡아먹진 않으실 거다. 교회까지 타고 가려무나."

두냐는 경기병 옆자리로 올라탔고 하인은 마부 옆자리로 뛰어올랐다. 마부가 휘파람을 불자 말들이 달려나갔다.

불쌍한 역참지기는 자기가 어쩌다 직접 두냐에게 경기병과 함께 타고 가라고 허락했는지, 어쩌다 눈이 멀게 되었는지, 자기 머리가 어떻게 되었던 건지 도무지 이해할 수가 없었다. 반 시간이 채 지나기도 전에 그의 심장이 쓰라리고 쓰라리기 시작했다. 불안이 그를 휩싸서 그는 참지 못하고 직접 예배당으로 걸어갔다. 교회에 다가가면서 그는 사람들이 벌써 흩어지고 있는 것을 보았다. 그러나 두냐는 울타리 안에도 입구에도 없었다. 그는 황급히 교회 안으로 들어갔다. 사제는 제단에서 내려오고 있었고 교회 서기는 촛불들을 끄고 있었다. 두 노파만이 아직 구석에서 기도하고 있었다. 그러나 두냐는 교회 안에 없었다. 불쌍한 아버지는 겨우 마음을 다져 먹고 교회 서기에게 그녀가 예배 보러 왔었느냐고 물었다. 교회 서기는 오지 않았다고 대답했다. 역참지기는 산송장이 다 되어 집으로 돌아왔다. 희망은 이제 하나뿐이었다. 두냐가 청춘의 바람 같은 마음으로 아마도 그녀의 대모가 살고 있는 그 다음 역까지 가려는 생각이 들었을지도 모른다는. 고통스런 불안 속에서 그는 그가 딸을 태워 보냈던 삼두마차의 귀환을 기다렸다. 마부는 돌아오지 않았다. 드디어 저녁 무렵 마부는 술에 취해서 '두냐가 그 역에서 경기병과 함께 계속 가버렸다'는 살인적인 소식을 가지고 혼자 돌아왔다.

노인은 자신의 불행을 견디지 못했다. 그는 그날로 지난밤 젊은 사기꾼이 누워 있던 그 잠자리에 몸져 드러누웠다. 이제 역참지기는 모든 상황을 헤아려보면서 젊은이의 병이 꾀병이었다는 것을 알아챘다. 불쌍한 남자는 심한 열병을 앓게 되었다. 그는 S○○○시로 보내졌고 그의 자리에는 임시로 다른 사람이 정해졌다. 경기병 때문에 왔던 바로 그 의사가 그를 치료하였다. 그는 역참지기에게 젊은이는 매우 건강했다고, 그때 이미 자신은 젊은이의 사악한 의도를 꿰뚫었으나 그의 채찍이 무서워서 입을 다물고 있었다고 장담했다. 독일인이 진실을 말했건 단지 자기의 선견지명을 뽐내고자 했건 간에 그는 불쌍한 환자를 조금도 위로할 수 없었다. 병에서 회복되자마자 역참지기는 S○○○시의 우편역장에게 두 달간의 휴가를 신청하고는 아무에게도 자기의 뜻을 알리지 않고 딸을 찾아 걸어서 길을 떠났다. 역마권을 보았기 때문에 그는 기병 대위 민스키가 스몰렌스크에서 페테르부르크로 간다는 것을 알고 있었다. 그를 태워주었던 마부는 비록 두냐가 자기 의사에 따라서 가는 것 같기는 했지만 가는 동안 내내 울고 있었다고 말했다.

"아마도."

역참지기는 생각했다.

"내 길 잃은 양을 집으로 데려오게 되겠지."

이렇게 생각하며 그는 페테르부르크에 도착했고 이즈마일 로프스키 연대에 살고 있는 옛 동료인 퇴역 하사관의 집에 머물러 탐색을 시작했다. 곧 그는 기병 대위 민스키가 페테르부르크에 있고 제무토프[21] 여관에 살고 있다는 것을 알아냈다. 역참지기는 그곳에 나타나기로 마음 먹었다.

이른 아침 그는 현관으로 가서 한 늙은 병사가 그를 만나고 싶어한다고 대위님께 알려달라고 부탁했다. 졸병은 나무골에 장화를 놓고 닦다가 주인님은 취침중이며 11시 이전에는 아무도 만나지 않는다고 알려주었다. 역참지기는 돌아갔다가 정해진 시간에 다시 왔다. 민스키는 실내복 차림에 빨갛고 둥근 실내모를 쓰고 직접 나왔다. 그가 노인에게 물었다.

"여보게, 무슨 용건인가?"

노인의 심장이 끓어올랐다. 두 눈에 눈물이 핑 돌았다. 그는 떨리는 목소리로 겨우 입을 떼었다.

"대위님…… 아량을 베풀어주세요."

민스키는 그를 재빨리 바라보고, 얼굴을 확 붉히더니 그의 손을 잡고 서재로 데리고 가서 등뒤로 문을 닫았다.

"대위님."

노인이 계속 말했다.

---

21) 순종(順從)이라는 뜻.

"엎질러진 물은 어쩔 수 없지요. 그저 제 불쌍한 두냐만 돌려주세요. 그 애를 데리고 실컷 즐기셨을 테니 이제 공연히 망치지 말아주세요."

"깨진 사발은 어쩔 수가 없네."

젊은이는 극도로 당황하여 말했다.

"내가 자네 앞에 죄를 지었네. 그런데 용서를 빌게 되어 기쁘네. 그러나 내가 두냐를 버릴 수 있으리라고 생각하지 말게. 그녀는 행복해질 걸세. 내 명예를 걸고 맹세하겠네. 무엇 때문에 자네에게 그녀가 필요한가? 그녀는 나를 사랑하네. 그녀는 예전의 자기 처지에서 멀어졌네. 자네도 그녀도 모두 이미 일어난 일을 잊을 수는 없을 걸세."

그러고 나서 그는 무엇인가를 역참지기의 소매 안으로 질러 넣고는 문을 열었고, 역참지기는 자기도 모르는 사이에 거리에 나와 있었다.

그는 오랫동안 움직이지 않고 서 있다가 마침내 그의 소맷부리에서 종이뭉치를 보았다. 꺼내어보니 5루블, 10루블짜리 지폐 몇 장이 구겨져 있었다. 두 눈에 다시 눈물이 핑 돌았다. 분노의 눈물이! 그는 종이 쪼가리들을 구겨서 움켜쥐고 땅바닥에 팽개쳐 신발 뒷굽으로 밟아버리고는 걸음을 떼었는데…… 몇 발자국을 걸어가다가 멈춰 서서 잠시 생각하더니…… 이윽고 돌아섰다……. 그러나 지폐들은 이미 사라지고 없었다. 잘 차려입은 젊은이가 그를 보더니 마부에게로 뛰어가 황급히 마차에 올라타고 소리쳤다.

"가자!……."

역참지기는 그를 뒤쫓지 않았다. 그는 자기 집으로 돌아가려고 마음먹었으나 마지막으로 한번이라도 좋으니 불쌍한 자기의 두냐를 보고 싶었다. 그래서 그는 한 이틀이 지나 다시 민스키에게 갔다. 그러나 졸병은 거칠게 주인님이 아무도 접견하지 않겠다고 했다며 그를 현관에서 가슴으로 밀어내더니 그의 코앞에서 문을 쾅 닫았다. 역참지기는 얼마간 머물다가, 머물다가 결국 물러갔다.

바로 그날, 저녁에, 그는 프세스코르뱌시[22]성당에서 예배를 마치고 리체이나야 거리를 따라 걸어가고 있었다. 갑자기 멋진 경마차가 그를 스치고 날쌔게 앞질러 갔고, 역참지기는 민스키를 알아보았다. 돌아보니 마차는 3층 건물 바로 입구 앞에서 멈추었고 경기병은 현관 계단으로 뛰어올라갔다. 교묘한 생각이 역참지기의 머리를 스쳤다. 그는 다시 돌아가 마부와 어깨를 나란히 하고는,

"여보게, 이 말의 임자가 누군가?"

라고 물었다.

"민스키 님의 것이 아닌가?"

"바로 그렇네."

마부가 대답했다.

"근데 왜, 무슨 용건이 있나?"

"자네 나으리가 자기 두냐에게 편지를 전하라고 명했는데 난 그 두냐가 어디 사는지 잊어버렸다네."

---

22) 모든 비참한 사람들이라는 뜻.

"바로 여기, 2층이네. 근데 늦었네, 자네가 편지를 가져온 게. 벌써 나리가 그녀에게 와 있네."

"그렇다면 필요가 없겠군."

역참지기는 설명할 수 없는 심장의 동요를 느끼며 대답했다.

"가르쳐주어 고맙네. 그래도 내 일은 마쳐야지."

그리고 이 말과 함께 그는 계단을 올라갔다. 문은 닫혀 있었다. 그는 초인종을 울렸다. 견디기 어려운 기다림 속에 몇 초가 지나갔다. 열쇠 소리가 나더니 문이 열렸다.

"아브도치야 삼소노브나가 여기 계신가요?"

그가 물었다.

"물론, 근데 왜?"

젊은 하녀가 대답했다.

"대체 무엇 때문에 그녀를 만나야 해?"

역참지기는 대답하지 않고 집 안으로 들어갔다.

"안 돼, 안 돼!"

그를 따라오며 하녀가 소리쳤다.

"아브도치야 삼소노브나는 손님들을 만나고 계셔."

그러나 역참지기는 못 들은 척 계속 갔다. 처음 두 방은 어두웠다. 세번째 방에는 불이 켜져 있었다. 그는 열린 문으로 다가가서 멈춰 섰다. 아름답게 장식된 방 안에는 민스키가 생각에 잠긴 채 앉아 있었다. 두냐는 멋지고 화려한 옷차림으로 민스키가 앉은 안락의자 팔걸이에 앉아 있었다. 마치 자기 말의 영국제 안장에 앉은 여기수처럼. 그녀는 빛나는 손가락에 민스키의 검은 고수머리를 감으면서 사랑스럽게 민스키를 바라보고 있었다. 불쌍한 역참지기! 그에게 딸이 이토록 아름다워 보인 적은 없었다. 그는 그녀에게 도취되어 자기 자신을 잊은 채 그녀를 바라보기만 했다.

"거기 누구예요?"

그녀가 고개를 숙인 채 물었다. 그는 여전히 침묵했다. 대답을 듣지 못하자 두냐는 고개를 들었다……. 그리고 비명을 지르며 양탄자 위로 쓰러졌다. 놀란 민스키는 그녀를 안아 일으키려고 몸을 던지다가 갑자기 문가에 서 있는 늙은 역참지기를 알아보고는 두냐를 놓아둔 채 성이 나서 몸을 떨며 그에게로 다가갔다.

"또 무슨 볼일이 있어?"

그는 이를 갈며 말했다.

"뭣 때문에 도둑처럼 어디서나 내 뒤를 몰래 쫓아다녀? 왜, 나를 찌르기라도 할 테야? 어서 나가!"

그러고는 힘센 손으로 노인을 문 바깥으로 끌어내더니 계단 쪽으로 밀쳐냈다.

노인은 머물던 곳으로 돌아갔다. 그의 친구는 그에게 고소하라고 말했다. 그러나 역참지기는 잠시 생각한 후 단념하고 물러서기로 하였다. 이틀 후 그는 페테르부르크에서 자기의 역참으로 되돌아와서 다시 자기의 직무에 임했다.

"이제 벌써 3년째지요."

그는 말을 맺었다.

"두냐 없이 살게 된 지도, 그 애에 대해 아무런 소식을 듣지 못한 지도요. 살았는지, 죽었는지 하느님은 아시겠지요. 별의

별 일이 다 일어나니까요. 여행 다니는 바람둥이가 꾀어내어 잠시 데리고 있다가 내버리는 여자가 그 애가 처음도 마지막도 아니지요. 철없는 바보 같은 그런 애들이 페테르부르크엔 얼마든지 있어요. 오늘은 온갖 비단에 비로드를 두르고 있지만, 내일이면 보세요, 술꾼들과 함께 거리를 쓸고 다닐 테니. 종종 두냐도 아마 곧 파멸할 거라는 생각이 들면 어쩔 수 없이 그녀가 무덤으로 가길 바라는 죄를 짓게 되지요."

이상이 나의 친구인 늙은 역참지기의 이야기였다. 이야기는 눈물 때문에 여러 번 끊겼는데 그는 드미트레프의 아름다운 발라드에서 아내를 그리워하는 열정적인 주인공 테렌티이치처럼 자기의 옷자락으로 그림처럼 아름답게 눈물을 훔쳤다. 이 눈물은 일부는 그가 이야기하는 동안 마신 다섯 잔의 펀치 탓이기도 했다. 그러나 어쨌든 간에 눈물은 내 심장을 강하게 자극했다. 그와 헤어지고 나서 나는 오랫동안 늙은 역참지기를 잊을 수 없었고 오랫동안 불쌍한 두냐에 대해 생각했다…….

얼마 전 ○○○ 소도시를 막 지나가다가 나는 내 친구에 대해 떠올렸다. 나는 그가 관장하던 역참이 이미 없어졌다는 것을 알았다. '늙은 역참지기가 살아 있는가?'라는 내 질문에 아무도 내게 만족할 만한 대답을 해주지 못했다. 나는 내가 잘 아는 그곳을 방문하기로 결정하고 사비로 말들을 빌려서 N 마을로 갔다.

때는 가을이었다. 회색 먹구름이 하늘을 덮고 있었다. 차가운 바람이 추수가 끝난 들판에서 붉고 노란 나뭇잎들을 날리며 마주 불어왔다. 나는 석양 무렵 마을에 도착하여 역참 건물 앞에 멈추었다. 현관 마루에 (언젠가 불쌍한 두냐가 내게 키스했던 곳이었는데) 뚱뚱한 아줌마가 나와서 늙은 역참지기가 1년 전에 죽었고 그의 집에는 맥주 양조업자가 살고 있으며 자기는 양조업자의 아내라고 내게 대답했다. 나는 보람 없는 여행과 쓸데없이 소비한 7루블이 유감스러웠다.

"어떻게 죽었나?"

나는 양조업자의 아내에게 물었다.

"술병이지요, 나으리."

그녀가 대답했다.

"그래 어디다 장사 지냈나?"

"동구 밖 죽은 아내 곁에요."

"그의 무덤에 나를 데려다줄 수 없겠나."

"왜 안 되겠어요. 에이, 반카! 고양이랑 그만 놀아라. 이 나으리를 공동묘지로 모시고 가서 역참지기의 무덤을 가르쳐드려라."

이 말에 누더기 옷을 입고 적갈색 머리칼에 애꾸눈인 소년이 내게로 다가와 나를 동구 밖까지 데려다주었다.

"너 죽은 사람을 알았니?"

나는 도중에 그에게 물었다.

"어떻게 몰라요! 제게 피리를 자르는 법을 가르쳐줬는데요. 할아버지가 (천국에서 고이 쉬세요!) 술집에서 나올 때 우리가 쫓아가면서 '할아버지, 할아버지, 호두요!' 하고 소리치면 할아버지는 우리한테 호두를 나눠주기도 했어요. 언제나 우리들이랑 놀았지요."

"여행객들이 그를 기억하니?"

"네. 근데 여행객들이 드물어요. 어쩌다가 관청에서 나오는 사람이 있지만 죽은 사람들에겐 관심 없어요. 이번 여름에 어떤 귀부인이 지나갔는데 그 부인이 역참지기 할아버지에 대해 묻고 그의 무덤에 다녀갔어요."

"어떤 귀부인이었는데?"

나는 호기심을 가지고 물었다.

"아름다운 귀부인이었어요."

소년은 대답했다.

"말 여섯 마리가 끄는 마차를 타고 조그만 귀족 도련님 셋하고 또 유모와 검은 발바리까지 데리고 여행하고 있었어요. 역참지기 할아버지가 죽었다고 이야기하니까 울음을 터트리고는 아이들에게 '얌전히들 있어라, 엄마는 묘지에 좀 갔다 올게' 하고 말했어요. 제가 모셔다 드리려고 나섰지요. 그러나 귀부인은 '내가 아는 길이야' 하고 말했어요. 그러고는 제게 5코페이카 은전을 주셨어요. 아주 맘씨 좋은 귀부인이었어요!"

우리는 공동묘지에 다다랐다. 아무런 울타리도 없고 나무 십자가들만 꽂혀 있는, 작은 나무 한 그루 없는 황량한 곳이었다. 나는 그런 황량한 묘지는 생전 처음 보았다.

"바로 여기가 역참지기 할아버지 무덤이에요."

소년은 청동제 성상이 달린 검은 십자가가 꽂혀 있는 모래 더미로 뛰어오르며 말했다.

"귀부인도 여기까지 왔다 가셨니?"

고(故) 이반 페트로비치 벨킨의 이야기

내가 물었다.

"왔다 가셨어요."

반카가 대답했다.

"전 멀리서 부인을 바라보고 있었어요. 부인은 여기 엎드리더니 한참을 계셨어요. 그리고 마을로 가서서 신부를 찾아 그에게 돈을 주시고는 떠났어요. 제게는 5코페이카 은전을 주셨지요. 정말 근사한 귀부인이죠!"

나도 소년에게 5코페이카를 주었고, 더 이상 이 여행도, 또 여행하느라 들인 돈 7루블도 후회스럽거나 아깝지 않았다.

귀족 아가씨 — 농사꾼 처녀

두센카, 너는 어떻게 차려입어도 아름답구나.[23]

—보그다노비치

저 멀리 변방에 있는 우리 나라의 한 현에 이반 페트로비
치 베레스토프의 영지가 있었다. 그는 젊었을 때는 기병대에
복무했고 1797년 초에 퇴역하여 시골로 내려온 이후 그때부
터 그곳을 떠난 적이 없었다. 그는 가난한 귀족 처녀와 결혼했
었는데 그녀는 그가 먼 사냥터에 나가 있는 동안 아이를 낳
다가 죽었다. 그러나 영지 경영이 곧 그에게 위로가 되었다. 그
는 직접 설계하여 집을 짓고 방직 공장을 경영하면서 수입을
세 배로 올렸고 자신이 그 근방에서 가장 영리한 사람이라고
여기게 되었는데, 이 점에 대해서는 식구들과 개들을 데리고
그의 집에 방문하는 그의 이웃들도 이의를 제기하지 않았다.

---

23) 보그다노비치(1743~1803)의 작품 「두센카」에 나오는 구절.

그는 평일에는 벨벳으로 된 짧은 웃옷을 입고 축일에는 집에서 짠 옷감으로 만든 긴 웃옷을 입었다. 몸소 가계부를 쓰고 '원로원 통보' 이외에는 아무것도 읽지 않았다. 그가 좀 거만하다고 여기기는 했지만 사람들은 대체로 그를 좋아했다. 단한 사람만이, 그와 가장 가까이 이웃한 영지의 주인인 그리고리 이바노비치 무롬스키만이 그와 사이가 나빴다. 이 사람은 진정한 러시아 지주였다. 모스크바에서 재산의 대부분을 탕진한 데다 홀아비가 되기까지 한 그는 마지막으로 남은 시골 영지로 떠나왔는데 여기서도 허황된 일을 계속하였다. 그러나 이번에는 방식을 달리해서였다. 여기서 그는 영국식으로 정원을 가꾸는 데 마지막으로 남은 재산을 거의 다 써버렸다. 그의 마부들에게는 영국의 기수처럼 옷을 입혔다. 그의 딸에게는 영국 숙녀가 딸려 있었다. 그는 밭도 영국식으로 경작하였다.

그러나 러시아 곡식은 외국식으로는 여물지 않는 법이라

또 지출을 현저하게 감소시켰는데도 불구하고 그리고리 이바노비치의 수입은 증가하지 않았다. 그는 시골에서도 또다시 빚을 지는 방법을 발견하였다. 이 모든 것에도 불구하고 그는 어리석은 사람으로 여겨지지 않았는데 왜냐하면 그가 처음으로 현의 후원회에 영지를 저당 잡히겠다는 생각을 해냈기 때문이었다. 이 방법은 당시로서는 지극히 복잡하고 과감성을 요하는 것으로 보였다. 그를 비판하는 사람들 중에서 베레스토프가 가장 격렬하게 비판하며 나섰다. 새로운 제도에 대한 증오는 그의 성격상의 유별난 특징이었다. 그는 자기 이웃의 영국병에 대해 무심하게 이야기할 수 없었으며 줄곧 그를 비판할 기회를 찾아냈다. 그가 자기 소유지를 손님들에게 보여 주거나 할 때 그의 경영에 대해 칭찬하는 말을 들으면 그 대답으로 그는 '물론입죠. 제 집은 이웃 그리고리 이바노비치 씨네 같지 않습죠. 어째서 우리가 영국식으로 망해야 한단 말입니까? 러시아식으로도 배만 부르면 좋겠는뎁쇼'라며 익살을 떨었다. 이런 말, 또 이와 비슷한 조롱들이 이웃 사람들의 열성으로 부풀려지고 설명이 붙어 그리고리 이바노비치에게까지 알려졌다. 영국광은 우리 저널리스트들과 비슷하게도 비판을 견디지 못했다. 그는 광분하여 자기를 비난하는 사람을 곰 또는 시골뜨기라고 불렀다.

이상이 베레스토프의 아들이 그의 시골 영지로 왔을 당시 이웃한 두 지주 간의 관계였다. 그는 ○○○ 대학에서 교육을 받고 무관으로 들어가려고 마음먹고 있었으나 아버지가 이를 허락하지 않은 상태였다. 젊은이는 자기에게 문관 생활은 합당하지 않다고 느끼고 있었다. 그들은 서로에게 양보하지 않았고 젊은 알렉세이는 만일에 경우[24]에 대비하여 수염을 기르면서 당분간 지주로 지내고 있었다.

알렉세이는 정말 훌륭한 젊은이였다. 꼭 맞는 군복을 착용한 그의 늘씬한 몸매를 볼 수 없다면, 또 그가 말 위에 멋지게

_____

24) 무관으로 가게 될 경우를 말한다.

앉아 있는 모습을 보여주는 대신 서류 위로 등을 구부린 채 젊음을 허비한다면 정말로 유감일 것이다. 그가 사냥터에서 어느 길로 가더라도 항상 선두로 달리는 것을 보고 이웃 사람들은 그가 절대로 유능한 서기가 될 수는 없으리라고 입을 모아 말했다. 귀족 아가씨들은 그를 즐거이 바라보았고 그중 어떤 아가씨들은 넋을 놓고 바라보기도 했다. 그러나 알렉세이는 그들에게 거의 관심이 없었고 그들은 그런 무감각의 원인이 애정 관계 때문일 거라고 여겼다. 실제로 그의 편지들 가운데 하나에서 베낀 다음과 같은 주소가 손에서 손으로 돌아다니고 있었다. '모스크바, 알렉세이 수도원 건너편, 대장장이 사벨레프 씨 댁내 아쿨리나 페트로브나 쿠로츄키나 앞, 삼가 이 편지를 A. N. L.에게 전해 주시기 바랍니다.'

나의 독자들 중에서 시골에 살아보지 않은 사람들은 이 변방의 현에 사는 귀족 아가씨들이 얼마나 매력적인 존재인지 상상하지 못할 것이다! 그들은 공기 맑은 자기 집 정원의 사과나무 그늘에서 교육을 받고 세상과 인생에 대한 지식을 책으로부터 퍼 올린다. 고독과 자유, 독서가 그들 내면에 우리 도시의 주의 산만한 미인들이 느끼지 못하는 감정과 정열을 키워준다. 이 귀족 아가씨들에게는 마차의 방울 소리가 이미 모험적인 사건이며 이웃 마을로의 나들이는 인생의 중대한 전기가 되고 손님의 방문은 오랜, 때로는 영원한 추억이 된다. 물론 사람들이 그들의 행동거지를 비웃는 것은 자유지만 겉으로 드러나는 것만 보고 농담해 봤자 그들의 본질적인 가치가 무화되지는 않는다. 그 가치들 중에서 가장 중요한 것은 성격의 독특성, 독자성(individualité)인데, 장 폴의 의견에 따르면 이것 없이는 인간의 위대함이란 있을 수 없는 것이다. 수도에 사는 여자들은 아마도 더 좋은 교육을 받을 것이다. 그러나 사교계의 관습이 개성을 마모시키고 머릿속을 그들의 머리 장식처럼 똑같게 만들어버린다. 이는 심판하거나 비난하려는 의도에서 하는 말이 아니긴 하지만 옛날의 어느 주해자가 말했듯이 우리의 언급은 유효하다(nota nostra manet).

알렉세이가 우리의 귀족 아가씨들 사이에 어떤 인상을 불러 일으켰는지 상상하기란 쉬운 일이다. 그는 그들 앞에 나타난 사람 가운데 우울하게 그리고 세상에 실망한 듯이 보이는 최초의 인물이었다. 또 그들에게 잃어버린 기쁨과 시들어버린 청춘에 관해 말해 준 최초의 인물이었다. 게다가 그는 해골이 새겨진 검은 반지를 끼고 있었다. 이 모든 것들이 이 현에서는 지극히 새로웠다. 귀족 아가씨들은 그에게 얼이 빠졌다.

그러나 누구보다도 그에게 큰 관심을 기울인 아가씨는 우리 영국광의 딸 리자(또는 그리고리 이바노비치가 늘상 부르듯이 벳시)였다. 이웃의 젊은 처녀들이 모두 그의 이야기만 했는데도 아버지들이 서로서로 왕래하지 않기 때문에 그녀는 아직 알렉세이를 보지 못한 상태였다. 그녀는 열일곱 살이었다. 검은 두 눈이 그녀의 거무스레하고 예쁘장한 얼굴을 생기 있게 해주었다. 그녀는 외동딸이어서 버릇이 없었다. 그녀는 발랄함과 계속되는 장난질로 아버지를 몹시 즐겁게 해주었고 그녀의 가정교사 잭슨 양을 절망에 빠뜨렸다. 그녀는 지나치게 격식을 차리는 마흔 살의 영국 여자였는데 하얗게 분을 바르고 눈썹을 칠하고는 일년에 「파멜라」[25]를 두 번씩 되풀이해 읽어 주었다. 그리고 그 대가로 2,000루블을 받았는데 이 야만적인 러시아에서 권태로워 죽을 지경이었다.

리자는 나스탸가 돌보고 있었다. 나스탸는 나이가 더 많았지만 그녀의 주인 아가씨처럼 바람 같았다. 리자는 그녀를 몹시 좋아하여 그녀에게 자신의 모든 비밀을 털어놓고 둘이 함께 여러 가지 계획을 세워보곤 하였다. 한마디로 프릴루치노 마을의 나스탸는 프랑스 비극에 나오는 그 어떤 하녀보다도 중요한 인물이었다.

"오늘 마실 좀 다녀올게요."

나스탸는 어느 날 주인 아가씨에게 옷을 입히며 말했다.

"그래. 그런데 어디 가?"

"투길로보예요, 베레스토프 저택에요. 요리사 아내가 명명일이라고 어제 저희더러 식사를 하러 오라고 왔었어요."

"어머!"

리자가 말했다.

"주인들은 싸우는데, 하인들은 서로 대접하네."

"저희한테 주인들이 무슨 상관이에요!"

나스탸가 대꾸했다.

"게다가 전 아가씨 하녀이지 주인 아저씨의 하녀가 아니에요. 또 아가씨는 아직 젊은 베레스토프 씨와 욕하고 그러는 사이가 아니잖아요. 노인네들이야 싸워서 기분이 좋다면 싸

25) 영국 작가 리처드슨의 감상주의 소설.

우라지요."

"나스탸, 가서 알렉세이 베레스토프를 잘 살펴봐. 그리고 그가 어떤지, 어떤 종류의 사람인지 내게 잘 얘기해 줘."

나스탸는 약속을 했고 리자는 하루종일 그녀가 돌아오기를 초조하게 기다렸다. 저녁이 되자 나스탸가 나타났다.

"자, 리자베타 그리고례브나."

그녀는 방으로 들어오면서 말했다.

"젊은 베레스토프를 봤어요. 실컷 봤지요. 하루종일 함께 있었어요."

"어떻게 그랬어? 말해 봐. 차근차근히 좀 말해 봐."

"그럴게요. 우리는 갔지요, 저하고 아니샤 예고로브나, 또 네닐라, 둔카하고……."

"그래, 알아. 그 다음에?"

"전부 차근차근히 좀 말하게 해주세요. 우리는 막 식사가 시작되었을 때 도착했지요. 방에는 사람들이 꽉차 있었어요. 콜비노에서도 왔고 자하례보에서 관리인 아내가 딸들과 함께 왔고, 흘루피노에서도 왔지요."

"그래, 근데 베레스토프는?"

"이제 얘기할게요. 우리는 식탁에 앉았어요. 관리인 아내가 제일 좋은 자리에 앉고, 제가 그 옆에 앉았지요…… 딸들이 심통을 부리기도 했지만 저는 모르는 척했어요."

"아이, 나스탸, 도대체 넌 자질구레한 일들을 항상 끝도 없이 늘어놓는구나."

"아이고, 성미도 급하시기는! 그러고 나서 우리는 식탁에서 일어났어요. 세 시간쯤 앉아 있었을 거예요. 식사는 근사했어요. 젤리는 파란색, 빨간색, 줄무늬 친 것…… 그리고 나서 우리는 식탁에서 일어나, 술래잡기를 하러 정원으로 나갔지요. 그때 젊은 도련님이 거기 나타나신 거예요."

"그래 어땠어? 그가 잘 생겼다는 게 사실이야?"

"놀랄 만큼 잘 생겼어요. 미남이라고 할 수 있어요. 멋진 몸매에, 키도 크고 혈색이 아주 좋아요."

"그래? 난 그 사람 얼굴이 창백할 거라고 생각했었는데…… 그래 어땠어? 그가 어떤 사람으로 보였어? 슬픈 표정으로 생각에 잠겨 있었어?"

"무슨 소리예요? 그렇게 날뛰는 사람은 생전 처음 봤어요. 우리랑 술래잡기할 생각까지 하더라고요."

"너희들과 술래잡기를 한다고! 그럴 수는 없어!"

"그럴 수가 있고말고요! 게다가 무슨 생각까지 해냈는지 아세요? 잡으면 입을 맞추는 거예요!"

"네 멋대로 말하는구나, 나스탸. 거짓말!"

"아가씨야말로 멋대로 생각하시네요. 거짓말이 아니에요. 겨우 떨어져 나왔어요. 하루 종일 그렇게 우리랑 놀았어요."

"그럼 그가 사랑에 빠져 있어서 아무도 쳐다보지 않는다는 말은 뭐야?"

"전 몰라요. 저를 아주 뚫어지게 쳐다봤어요. 관리인 딸 타냐한테도 마찬가지로 그랬고요. 그리고 또 콜비노의 파샤한테도 그랬어요. 죄송스러운 말씀이지만요, 우리들 중 누구도 소홀히 대하지 않았어요. 아주 장난꾸러기였어요."

"정말 놀랍구나! 그런데 그 집에서는 그 사람에 대해 뭐라고 하던?"

"도련님이 아주 좋대요. 아주 착하고 쾌활하대요. 한 가지 좋지 않은 점이 있는데 그건 처녀들을 너무 쫓아다닌다는 거예요. 그건 제 생각에는 아직 나쁜 일은 아니지요. 시간이 가면 제자리를 찾을 테지요."

"아, 그를 한번 만나봤으면 참 좋겠는데."

리자가 한숨을 쉬며 말했다.

"어려울 게 뭐 있어요? 여기서 투길로보는 멀지도 않아요, 기껏해야 3베르스타예요. 그쪽으로 산보를 가거나 말을 타고 가세요. 그러면 필시 그를 만나게 될 거예요. 그는 매일 아침 일찍 총을 메고 사냥을 간대요."

"그건 안 돼. 안 좋아. 그 사람이 내가 자기를 쫓아다닌다고 생각할 수도 있으니까."

"게다가 우리 아버지들은 싸우고 있고 나도 그를 사귀면 안 돼. 아, 나스탸! 있잖아, 내가 말야, 농사꾼 처녀처럼 옷을 입는다면!"

"정말 그러면 되겠네요. 두꺼운 루바슈카[26]와 사라판[27]을 입고 투길로보로 용감하게 가보세요. 베레스토프가 아가씨를 보고 하품이나 하지는 않을 거예요. 제가 장담할게요."

"그리고 난 시골 여자애처럼 말할 수 있어. 아, 나스탸, 아이

---

26) 러시아인들의 블라우스.
27) 러시아 시골 여인들이 입는 소매 없는 겉옷.

좋아. 나스탸, 얼마나 멋진 생각이니!"

　그리고 리자는 자신의 즐거운 계획을 당장 실행하려는 마음을 먹고 잠자리에 누웠다.

　다음날 바로 그녀는 실행에 착수했다. 시장에서 두꺼운 옷감과 푸른 무명, 그리고 구리 단추를 사오게 해서 나스탸의 도움으로 루바슈카와 사라판을 마름질하고 하녀들을 전부 동원하여 바느질을 하게 했다. 저녁 무렵 모든 것이 완성되었다. 리자는 새옷을 입어보고는 거울 앞에서 자신이 이렇게 예뻐 보인 적은 한번도 없었다는 것을 인정했다. 그녀는 자기의 역할을 되풀이해 보았다. 걸어가다가 낮게 허리를 굽힌 다음 진흙으로 만든 고양이 인형처럼 머리를 흔들고 농민의 말투로 말하며 소매로 입을 가리고 웃어 보여서 나스탸에게 완전한 인정을 받았다. 다만 한 가지 어려운 문제가 남아 있었다. 그것은 그녀가 맨발로 뜰을 걸어보려 했으나 가시가 그녀의 부드러운 발을 찌르고 모래와 조그만 돌멩이들을 견딜 수 없다는 것이었다. 나스탸는 이 문제에 있어서도 그녀를 도와주었다. 그녀는 리자의 발 치수를 재어 들판에 있는 목동 트로핌에게로 달려가 짚신 한 켤레를 만들어달라고 주문했다. 다음날 동이 채 트기도 전에 리자는 벌써 잠에서 깨었다. 집안 전체가 아직 잠들어 있었다. 나스탸는 대문 밖에서 목동을 기다리고 있었다. 호각이 울리고 농사꾼의 가축떼가 지주 집 정원 옆을 지나갔다. 트로핌은 나스탸 앞으로 지나가며 그녀에게 조그맣고 알록달록한 짚신을 건네주었고 그 대가로 5코페이카를 받았다. 리자는 농사꾼 처녀처럼 옷을 입고 나스탸에게 미스 잭슨에게 전할 말을 알려주고는 몰래 채마밭을 넘어 들판으로 달려갔다.

아침 노을이 동쪽에서 빛났고 금빛 구름층은 마치 궁정 귀족들이 군주를 기다리듯 태양이 떠오르기를 기다리고 있었다. 밝은 하늘, 아침의 신선함, 이슬, 산들바람 그리고 새 소리가 리자의 가슴을 젊음의 쾌활함으로 가득 채웠다. 아는 사람이라도 만날까 두려워 그녀는 걷지 않고 거의 날다시피 뛰어갔다. 아버지의 영지 경계에 있는 숲이 가까워지자 리자는 조심조심 걸었다. 여기서 그녀는 알렉세이를 기다려야 했다. 그녀의 심장은 까닭을 알 수 없이 강하게 고동쳤다. 그러나 우리 젊은 시절의 모험이 갖는 가장 큰 매력은 거기에 동반하는 두려움이다. 리자는 어두운 숲속으로 들어섰다. 숲의 둔탁한 울림이 그녀를 맞이하였다. 들떠 있던 마음이 좀 가라앉았다. 조금씩 조금씩 그녀는 달콤한 명상 속으로 빠져들어갔다. 그녀는 생각에 잠겼다……. 그러나 열일곱 살의 처녀가 봄날 아침 5시가 막 지난 시각에 숲속에서 혼자 무슨 생각을 하는지 어느 누가 정확하게 말할 수 있겠는가? 그녀는 그렇게 양편의 키 큰 나무들로 그늘진 길을 따라 생각에 잠긴 채 걸어가고 있었는데 갑자기 멋진 사냥개 한 마리가 그녀를 보고 짖어댔다. 리자는 놀라서 소리를 질렀다. 그때 프랑스어로 말하는 소리가 들렸다. '착하지, 스보가르,[28] 이리 와(Tout beau, Sbogar,

---

28) 스보가르는 프랑스 낭만주의 소설가 샤를 노디디에의 소설(1818) 제목으로 주인공 스보가르는 의적이다.

ici……).' 곧 덤불 뒤에서 젊은 사냥꾼이 나타났다.

"예쁜 아가씨, 내가 장담할게."

그는 리자에게 말했다.

"내 개는 절대로 물지 않아."

놀랐던 리자는 이내 정신을 가다듬을 수 있었고 곧바로 기회를 이용할 줄도 알았다.

"그래도 안 돼유, 나리."

그녀는 반은 놀란 척, 반은 수줍은 척 꾸미면서 말했다.

"무서워유. 뭔 눔의 개가 저렇게 못됐데유. 또 달려들어유."

알렉세이는 (독자는 벌써 사냥꾼이 알렉세이라는 것을 알아보았으리라) 그사이 젊은 농사꾼 처녀를 뚫어지게 바라보았다.

"무서워하지 않으면 내가 바래다줄게."

그는 그녀에게 물었다.

"내가 네 곁에서 걸어도 되지?"

"누가 말려유?"

리자는 대답했다.

"마음대로 하는 거지유, 사람 가라는 길인데유."

"어디서 왔니?"

"프릴루치노에서유, 바실리 대장장이 딸이에유, 버섯 따러 가유."

(리자는 끈 달린 바구니를 가져왔다.)

"나리는유, 투길로보 사람 맞지유?"

"그래 맞아."

알렉세이가 대답했다.

"나는 젊은 주인의 몸종이지."

알렉세이는 그들이 비슷한 처지인 것처럼 보이고 싶었던 것이다. 그러나 리자는 그를 바라보며 웃었다.

"그짓말 마세유."

그녀는 말했다.

"이래봬두 바보 아니에유, 바로 나리인 걸 알겠네유."

"왜 그렇게 생각하지?"

"암만 봐두 그려유."

"그래도 어떻게?"

"나리와 하인을 어떻게 알아보지 못해유? 옷두 그렇구, 말두 다르구, 개두 우리말로 부르지 않았잖어유."

리자는 시시각각 더욱더 알렉세이의 마음에 들었다. 예쁘장한 농사꾼 처녀들과 격식을 차리지 않는 데 익숙해진 알렉세이가 그녀를 안으려고 하자 리자는 그에게서 떨어져 튀어나가며 갑자기 엄격하고 차가운 표정을 지었다. 알렉세이는 우습기는 했지만 더 이상 그런 행동은 하지 않았다.

"저하고 앞으로 친구로 지내시려면 함부로 행동하시면 안되죠."

리자는 위엄을 부리며 말했다. 알렉세이는 한바탕 웃고 나서 물었다.

"누가 네게 이런 범절을 가르쳐주었니? 너희 아가씨의 몸종 나스탸 아니니? 나도 알지. 이런 식으로 교양이 전파되는군!"

리자는 자기가 해야 할 역할에서 방금 막 벗어났다는 것을 느끼고는 당장 태도를 고치면서 말했다.

"뭐예유? 내가 지주 나리 댁에 한번도 못 가본 줄 알어유? 장담해유. 모든 걸 신물나게 보고 들었어유. 헌데 나리허구 얘기허느라 버섯도 못 따겠네유. 나리, 절루 가유. 나는 일루 갈 게유. 용서허세유……."

리자가 가려 하자 알렉세이가 그녀의 손을 잡았다.

"네 이름이 뭐니? 귀여운 것."

"아쿨리나."

리자는 알렉세이의 손에서 손가락을 빼내려 하며 대답했다.

"아이, 나리, 가게 해줘유. 집에 가야 해유."

"내 친구, 아쿨리나, 네 아버지 바실리 대장장이에게 꼭 찾아갈 거야."

"뭐예유?"

리자가 열을 내며 물었다.

"맙소사, 제발 오지 말아유. 내가 나리랑 둘이서만 숲에서 얘기한 걸 집에서 알면 큰일 나유. 우리 아버지 바실리 대장장이가 나를 패 쥑일 턴디."

"그래도 너와 꼭 다시 만났으면 하는데……."

"언제 또 일루 버섯 따러 올게유."

"언제 말이야?"

"내일이래두유."

"사랑스런 아쿨리나, 네게 입맞추고 싶지만 엄두가 안 난다. 그럼 내일 이 시각에, 맞지?"

"그래유, 그래유."

"너 나 속이는 거 아니지?"

"안 속여유."

"맹세해."

"자, 신성한 금요일에 두고 맹세해유, 올게유."

젊은이들은 헤어졌다. 리자는 숲에서 나와 들판을 가로질러 정원으로 숨어들더니 나스탸가 기다리고 있는 마구간으로 걸음아 날 살려라 달려들어갔다. 거기서 궁금증으로 가득한 하녀의 질문에 건성으로 대답하며 옷을 갈아입고는 거실에 나타났다. 식탁 위에는 아침이 준비되어 있었으며 미스 잭슨은 벌써 분을 바르고 포도주 잔처럼 잘록하게 허리를 졸라매고는 빵을 얇게 썰고 있었다. 아버지는 리자가 아침 일찍 산책한 것을 칭찬했다.

"새벽에 일어나는 것보다 더 건강에 좋은 것은 없단다."

그가 말했다.

여기서 그는 영국 잡지들에 실린 장수 노인들을 예로 들며 백 살 넘게 산 사람들은 모두 보드카를 마시지 않았고 겨울이나 여름이나 새벽에 일어났다고 말했다. 리자는 그의 말을 듣고 있지 않았다. 그녀는 머릿속으로 아침에 있었던 밀회의 모든 장면, 아쿨리나와 젊은 사냥꾼과의 모든 대화를 되씹어 보고 있었는데 양심이 찔리기 시작했다. 그들의 대화는 예의 범절에 어긋난 것이 아니었고 이런 장난은 아무런 결과도 낳을 수 없다고 스스로 변명해 보았지만 소용이 없었다. 그녀의 양심은 그녀의 머리보다 더 큰 소리를 냈다. 내일 만나겠다고 한 약속이 무엇보다도 그녀를 안절부절못하게 했다. 그녀는 자기가 엄숙하게 한 약속을 지키지 않으려고 마음을 굳게 먹었다. 그러나 알렉세이가 그녀를 기다리다가 허탕을 치고 마을에서 바실리 대장장이의 딸, 뚱뚱한 곰보딱지 진짜 아쿨리나를 찾으러 가게 된다면 그녀의 경솔한 장난이 드러날 수도 있었다. 이런 생각이 들자 리자는 가슴이 두근거렸고 그래서 그녀는 다음날 아침 또다시 아쿨리나가 되어 숲에 나타나기로 하였다.

한편 알렉세이는 황홀함 속에서 하루종일 새로 사귄 여자에 대해 생각하였다. 밤에는 거무스레한 미인의 모습이 꿈속에서도 그의 상상을 따라다녔다. 동이 트자마자 벌써 옷을 다입고 무기에 미처 탄약을 장전하지도 않은 채 그는 충실한 개 스보가르와 함께 들로 나와 약속한 밀회 장소로 달려갔다. 견딜 수 없는 기다림 속에 반 시간 가량이 지나고 드디어 덤불 사이로 푸른 사라판이 어른거리자 그는 사랑스런 아쿨리나를 맞으러 달려나갔다. 그가 고맙다며 환호성을 지르자 그녀는 미소를 지었다. 그러나 알렉세이는 곧 그녀의 얼굴에서 슬프고 불안한 기색을 알아차렸다. 그는 이유를 알고 싶어했다. 리자는 자기의 행동이 경박스럽게 여겨져서 후회하고 있다고 하며 이번에는 약속을 깨뜨리고 싶지 않았으나 이로써 이런 만남은 마지막이 될 것이며 아무런 좋은 결과를 맺지 못할 테니 교제를 그만두자고 말했다. 물론 이 모든 것을 농사꾼 처녀의 말투로 말했다. 그러나 이 평범한 처녀가 갖고 있는 흔치 않은 생각과 감정은 알렉세이를 놀라게 하였다. 그는 온갖 말재주를 동원하여 아쿨리나의 마음을 바꾸려 했다. 자기는 그녀에게 아무런 불순한 욕망을 품고 있지 않으며 결코 그녀가 후회할 짓은 하지 않을 것이고 모든 일에 있어서 그녀에게 복종하겠다고 맹세하고는, 하루 건너라도 좋고 일주일에 두 번이라도 좋으니 단둘이 만나는 기쁨만은 빼앗지 말아달라고 간청했다. 그는 진정으로 열정이 넘치는 언어로 말했으며 이 순간 그는 정말로 사랑에 빠져 있었다. 리자는 말없이 그의 말을 들었다.

"약속허세유."

마침내 그녀가 말했다.

"마을에서 저를 찾거나 저에 대해 묻지 않겠다구. 또 제가 정한 날 이외에 저를 만나려 하지 않겠다구 약속허세유."

알렉세이는 신성한 금요일에 두고 맹세하려 했으나 그녀가 미소 지으며 말렸다.

"그런 맹세는 필요 없어유. 약속만 하시면 충분해유."

그러고 나서 리자가 가야겠다고 할 때까지 둘은 숲을 거닐면서 정답게 이야기를 나누었다. 그들은 헤어졌고 알렉세이는 혼자 남아 단 두 번 만났을 뿐인데 어떻게 평범한 농사꾼 처녀가 그에게 이토록 진정한 영향력을 행사할 수 있는지 의아해했다. 아쿨리나와의 만남은 그에게 신선한 매력으로 다가왔고, 이 이상한 농사꾼 처녀가 내건 조건은 그가 지키기 어려운 것이었는데도 불구하고 약속을 어기겠다는 생각은 머릿속을 스치지조차 않았다. 알렉세이는 숙명의 반지를 끼고, 비밀스럽게 편지를 교환하고, 우울한 표정을 짓고 있었음에도, 실제로는 선량하고 혈기 있는 젊은이였고 무구함의 즐거움을 느낄 줄 아는 심장을 가지고 있었던 것이다.

만약 내 욕구만을 따른다면 나는 두 젊은이의 밀회, 둘이 점점 더 서로를 좋아하고 신뢰를 키워가는 것, 둘의 행동이나 대화를 필시 매우 세세하게 묘사할 것이다. 그러나 나는 내 독자의 대부분이 내가 만족한다고 해서 그들도 그런 것은 아니라는 사실을 알고 있다. 이러한 세부 묘사들은 아무래도 들쩍지근하게 보일 수밖에 없다. 그래서 나는 이것들을 생략하고 간략하게 두 달이 채 가기 전에 알렉세이는 정신을 못 차릴 정도로 사랑에 빠졌고 리자는 말은 그보다 적게 했으나 그 못지않게 사랑에 빠졌다는 것만 말해두려고 한다. 둘은 현재 행복했으며 미래에 대해서는 생각하지 않았다.

끊을 수 없는 인연이란 생각이 꽤 자주 그들의 머릿속을 스치고 지나갔으나 그들이 여기에 대해 서로 이야기한 적은 없었다. 이유는 명확했다. 알렉세이는 그가 사랑하는 아쿨리나에게 아무리 매달려 있었다 해도 그와 가난한 농사꾼 처녀 사이의 거리를 항상 잊지 않았고, 리자는 그들의 아버지 사이에 어떤 증오가 존재하는지 알고 있었기 때문에 서로 화해하리라고 희망할 엄두를 내지 못했던 것이다. 게다가 남모르는 소설적인 기대가 그녀의 자존심을 부추겼는데 그것은 투길로보의 지주가 프릴루치노에 사는 대장장이 딸의 발아래 엎드리는 것을 보고 싶다는 것이었다. 그런데 갑자기 중대한 사건이 일어나 하마터면 그들의 관계가 달라질 뻔하였다.

어느 맑고 추운 아침(우리 러시아의 가을철에 많은 날씨인데) 이반 페트로비치 베레스토프는 말을 타고 산책을 나갔다. 그래도 만일에 대비하여 세 쌍의 보르조이 개들과 하인, 사냥나팔을 부는 사동들을 몇 명 데리고 갔다. 바로 그 시각에 그리고리 이바노비치 무롬스키는 좋은 날씨에 마음을 빼앗겨 영국식으로 꼬리를 자른 암말에 안장을 얹으라고 명하고는 자기의 영국식 영지 부근을 속보로 가고 있었다. 숲에 다다르니, 사동들이 소리를 지르고 나팔을 불어 덤불에서 토끼를 몰아내기를 기다리며, 여우털로 안을 댄 사냥복을 입고 말등에 거만하게 앉아 있는 자기의 이웃이 보였다. 그리고리 이바노비치가 그를 이렇게 만나게 될 것을 미리 알았다면 물론 옆길로 빠졌을 것이다. 그러나 그는 전혀 예기치 않게 베레스토프를 향해 달려가고 있었으며 어느새 결투를 할 수 있을 만큼 그와 가까워졌음을 깨닫게 되었다. 어쩔 수 없는 일이었다. 교양 있는 유럽인으로서 무롬스키는 자신의 적에게 다가가 예절 바르게 인사하였다. 베레스토프도 마치 주인의 명령에 따라 고객들에게 절하는 사슬에 묶인 곰처럼 마찬가지로 공을 들어 인사를 하였다. 이때 토끼가 숲에서 뛰어나와 들판을 가로지르며 달려갔다. 베레스토프와 하인은 목청껏 소리를 질렀고 개들을 풀고 그 뒤를 따라 전속력으로 달려갔다. 한번도 사냥터에 나와 본 적이 없는 무롬스키의 말은 놀라서 마구 내달렸다. 무롬스키는 자기가 훌륭한 기수라고 자부하는 터라 말이 하는 대로 따르면서 내심 적대 관계에 있는 이웃으로부터 벗어날 수 있는 기회가 생긴 것에 만족스러워하고 있었다. 그러나 말이 미처 보지 못하고 절벽까지 달려가더니 갑자기 옆으로 몸을 돌렸고 말을 타고 있던 무롬스키는 몸을 가눌 수가 없게 되었다. 그는 언 땅에 상당히 세게 부딪히며 떨어졌고 누운 채로 영국식으로 꼬리를 자른 자신의 암말을 저주하였다. 그 말은 기수가 없다는 것을 느끼자마자 정신을 차린 듯이 멈춰 섰다. 이반 페트로비치는 그가 다치지 않았는지 물어보며 그에게로 달려왔다. 그사이에 베레스토프의 하인이 죄지은 말의 고삐를 끌어 그에게 데려왔다. 하인은 무롬스키가 안장에 오르도록 도와주었고 베레스토프는 그를 자기 집으로 초대했다. 무롬스키는 받아들여야 마땅하다는 생각에 거절하지 못했고 이리하여 베레스토프는 사냥한 토끼와 더불어 거의 포로 신세인 부상당한 적을 이끌고 영광스럽게 귀가했다.

그들은 아침을 먹으면서 꽤 친밀하게 대화를 나누었다. 무롬스키는 부상 때문에 말을 타고 집까지 가지는 못하겠노라고 털어놓고 베레스토프에게 마차를 빌려달라고 부탁했다. 베레스토프는 무롬스키를 현관까지 배웅했고 무롬스키는 베레스토프에게서 바로 그 다음날 (알렉세이 이바노프와 함께) 친구로서 식사를 함께하러 프릴루치노로 오겠다는 약조를 받아내기 전까지 떠나지 않았다. 그리하여 꼬리 잘린 겁먹은 암말 덕분에 뿌리 깊은 적대 관계가 청산될 준비가 된 것 같았다.

리자가 그리고리 이바노비치를 향하여 달려 나왔다.

"웬일이세요, 아빠?"

그녀는 의아해하며 말했다.

"왜 다리를 저세요? 말은 어쩌셨어요? 이건 누구네 마차예요?"

"알아맞히지 못할 거다, 오 마이 디어."

그리고리 이바노비치는 그녀에게 이렇게 대답하면서 무슨 일이 있었는지 모두 이야기했다. 리자는 자신의 귀를 믿을 수 없었다. 그리고리 이바노비치는 그녀에게 정신 차릴 틈도 주지 않고 내일 베레스토프 부자가 자기 집에서 식사를 하게 될 것이라고 말했다.

"뭐라고요?"

리자는 하얗게 질려서 말했다.

"베레스토프 부자가! 내일 우리 집에서 식사를 한다고요! 안 돼요, 아빠. 아버지 마음대로 해보세요. 전 절대로 안 나타날 거예요."

"웬일이냐? 정신 나갔니?"

아버지가 나무랐다.

"네가 언제부터 그렇게 수줍음을 탔냐? 아니면 네가 무슨 소설의 여주인공이라도 돼서 그들에게 집안 대대로 내려오는 증오를 품고 있다는 말이냐? 그만해라. 바보같이 굴지 마."

"안 돼요, 아빠. 세상에 무슨 일이 있어도 무슨 보물을 준대도 전 절대로 베레스토프 부자 앞에 나타나지 않을 거예요."

그리고리 이바노비치는 그녀와 반목해서는 아무 이득될 게 없다는 것을 알고 있었기 때문에 어깨를 으쓱하고는 더 이상 그녀와 논쟁하지 않고 특기할 만한 오늘의 산책으로 인한 피로를 풀러 갔다.

리자베타 이바노브나는 자기 방으로 가서 나스탸를 불렀다. 둘은 오랫동안 내일의 방문에 관해서 의논했다. 제대로 교육받은 귀족 아가씨가 아쿨리나라는 것을 알아챈다면 알렉세이는 뭐라고 생각할 것인가? 그녀의 행동과 그녀의 원칙, 또 그녀의 분별력에 대해 무슨 의견을 가질 것인가? 다른 한편 리자는 이렇듯 갑작스런 만남이 그에게 어떤 인상을 줄지 무척 궁금하기도 했다. 갑자기 무슨 생각이 떠올랐다. 그녀는 그 생각을 당장 나스탸에게 전했다. 둘은 무슨 큰 발견이나 한 듯이 기뻐했고 그 생각을 꼭 실행하려고 마음먹었다.

다음날 아침 식탁에서 그리고리 이바노비치는 아직도 베레스토프 부자를 피해 숨을 작정인지 딸에게 물었다.

"아빠."

리자가 대답했다.

"아버지가 원하시면 그들을 맞이하겠어요. 그러나 조건이 있어요. 제가 그들 앞에 어떤 모습으로 나타나든지, 무슨 행동을 하든지 저를 야단치거나 놀라거나 불만스런 표정을 지으시면 안 돼요."

"또 무슨 장난을 치려는 게로구나!"

그리고리 이바노비치는 웃으면서 말했다.

"그래, 좋다 좋아. 알겠다. 너 하고 싶은 대로 하렴. 까만 눈, 이 장난꾸러기야."

이 말과 함께 그는 딸의 이마에 입을 맞추었고 리자는 채비를 하러 달려갔다.

정각 2시에 말 여섯 필이 이끄는 집에서 만든 사륜마차가 마당으로 들어와 빽빽한 잔디밭 부근에 멈춰 섰다. 노(老) 베레스토프는 무롬스키의 제복을 갖춰 입은 하인의 도움을 받아 현관으로 들어갔다. 그 뒤를 그의 아들이 말을 타고 왔으며 모두 함께 식당으로 들어갔다. 거기엔 이미 식탁이 차려져 있었다. 무롬스키는 더할 나위 없이 상냥하게 그의 이웃을 맞이

하며 식사 전에 정원과 축사를 돌아보기를 제안하고는, 조심스레 비질한 후 모래를 뿌려놓은 길을 따라 손님들을 안내했다. 노 베레스토프는 내심 그렇게 쓸데없는 짓거리에 낭비된 시간과 돈을 아까워하고 있었지만 예의 때문에 침묵하고 있었다. 그의 아들은 알뜰한 지주의 불만에도 자기만족에 빠진 영국광의 열광에도 동참하지 않았다. 그는 소문이 자자한 이 집 주인의 딸이 나타나기를 초조하게 고대하고 있었다. 비록 그의 심장은 우리가 아다시피 이미 점령되어 있었지만 젊은 미인은 항상 그의 상상을 불러일으킬 권리를 가지는 법이다.

그들 세 사람은 거실로 돌아와 자리를 잡았다. 노인들은 지난날들과 군대 시절의 일화들을 회상했고 알렉세이는 리자가 나타나면 어떤 역할을 해보일까 하는 생각을 하고 있었다. 그는 차가운 무관심이 어떤 경우에도 가장 좋다고 마음먹고 이에 따른 준비 태세를 취했다. 문이 열렸고 그는 교태가 몸에서 철철 넘치는 최고의 애교꾼이라고 해도 필시 몸이 떨리지 않을 수 없을 정도로 매우 차갑고 거만한 표정을 지으며 머리를 돌렸다. 그러나 운 나쁘게도 리자 대신 나이 든 미스 잭슨이 분을 하얗게 바르고 허리를 조이고 눈을 내리깐 채 약간 고개를 숙이고 방으로 들어와서 알렉세이의 멋진 전략은 수포로 돌아가 버렸다. 그가 다시 힘을 모으기도 전에 문이 또 열리더니 이번에는 리자가 들어왔다. 모두들 일어섰다. 아버지는 손님들을 소개하려고 하다가 갑자기 멈추고는 황급히 입술을 깨물었다……. 리자, 그의 가무스레한 리자가 귀까지 분을 처바르고 미스 잭슨보다도 더 진하게 눈썹을 칠하고 원래

머리보다 훨씬 밝은 색의 가짜 머리 타래를 루이 14세의 가발처럼 늘어뜨리고 있었다. 어릿광대식 소매가 퐁파두르 부인의 페티코트처럼 부풀려진 채 불거져 있었고 허리는 X자 모양으로 꽉 졸라매었고 아직 전당포에 잡히지 않은 어머니의 패물들이 있는 대로 손가락에서, 목에서, 귀에서 번쩍거리고 있었다. 알렉세이는 이 우스꽝스럽고 번쩍거리는 귀족 아가씨가 자기의 아쿨리나라는 것을 눈치 챌 수 없었다. 알렉세이의 아버지는 그녀의 손등 위로 몸을 굽혔고 그도 유감이지만 아버지를 따라했다. 그녀의 하얀 손가락들이 그의 입술이 닿자 떨리는 것 같았다. 그사이에 그는 고의적으로 드러낸, 양껏 교태스럽게 신발 속으로 밀어넣은 조그만 발을 보게 되었다. 이 발을 보자 그녀의 차림새 때문에 역겨웠던 마음이 좀 누그러졌다. 순진한 그는 처음 보았을 때뿐만 아니라 나중에도 분을 바른 것이나 눈썹을 그린 것을 실상 전혀 알아보지 못했다. 그리고리 이바노비치는 자신의 약속을 기억하며 조금이라도 놀란 빛을 보이지 않으려고 애썼다. 그러나 그의 딸이 친 장난이 너무 재미있어서 웃음을 참기가 어려울 지경이었다. 그러나 격식을 숭배하는 영국 여자는 전혀 웃을 기분이 아니었다. 눈썹먹과 분을 그녀의 화장대에서 훔쳤으리란 생각이 들자, 분노의 홍조가 분가루로 꾸며 만든 하얀 피부 바깥까지 뚫고 나왔다. 그녀는 불 같은 시선을 젊은 말괄량이에게 던졌는데 리자는 모든 설명을 뒤로 미루고 마치 아무것도 모르는 체하고 있었다.

식탁에 앉았다. 알렉세이는 계속하여 무관심하고 생각에

잠긴 듯한 시늉을 해보이고 있었다. 리자도 얌전을 빼면서 노래하듯이 프랑스어로만 잇새로 말하였다. 아버지는 그녀의 의도를 이해할 수 없어 순간순간 그녀를 처다보았고 이 모든 것을 지극히 재미있다고 생각했다. 영국 여자는 머리끝까지 화가 치밀어 입을 다물고 있었다. 이반 페트로비치만이 자기 집에 있는 것처럼 스스럼없이 두 사람 몫을 먹고 주량대로 마시고 자기 웃음소리가 우스워서 또 웃고 시시각각 더욱 더 친근하게 말하며 웃어댔다.

드디어 다들 식탁에서 일어났다. 손님들은 떠났고 그리고리 이바노비치는 참았던 웃음을 맘껏 터뜨리며 맘껏 질문했다.

"무슨 생각으로 그들을 놀리기로 작정한 거니?"

그는 리자에게 물었다.

"근데 말이다. 분이 정말 네게 잘 어울렸다. 내가 숙녀들의 화장법의 비밀에까지 관여하고 싶지는 않지만 내가 너라면 분을 바를 거야. 물론 너무 심하게 말고 살짝 말이다."

리자는 자기 발상이 성공을 거두자 매우 기뻤다. 그녀는 아버지를 껴안고 아버지의 충고에 대해 고려해 보겠다고 약속하고는 신경이 있는 대로 날카로워진 미스 잭슨을 달래러 갔다. 그녀는 마지못해 리자에게 방문을 열어주었고 리자의 변명을 들었다. 리자는 모르는 사람들 앞에 검은 얼굴로 나가기가 부끄러웠으나 감히 부탁하지는 못했고…… 착하고 사랑스런 미스 잭슨이 용서해 줄 거라고 확신했었다는 둥, 사설을 늘어놓았다. 미스 잭슨은 리자가 자기를 웃음거리로 만들려 했던 것이 아님을 확인하고 마음을 가라앉혔다. 그리고 리자에게 입

을 맞추고는 화해의 증표로 영국제 분 한 통을 선물하였고 리
자는 진심으로 그녀에게 감사를 표하며 그것을 받았다.

다음날 아침 리자가 만남의 숲에 서둘러 나타났으리라는
것은 독자들도 짐작할 수 있을 것이다.

"나리, 어저께 우리 주인댁에 갔었지유?"

그녀는 당장 알렉세이에게 물었다.

"지주댁 아가씨 어떻게 보였어유?"

알렉세이는 그녀를 눈여겨보지 않았다고 말했다.

"안됐네유."

리자는 대답했다.

"근데 왜 그러니?"

알렉세이가 물었다.

"왜냐면유, 물어보구 싶었어유…… 사람들이 제가 아가씨
닮았다는데 증말 그래유?"

"무슨 말도 안 되는 소리야! 너한테 비하면 정말 추물이야."

"어이구 나리, 그런 말 허믄 죄 받어유. 우리 아가씨는 그렇
게 하얗고 잘 꾸미구 하는데유! 워치게 지랑 아가씨를 견줄
수 있남유!"

알렉세이는 그녀가 이 세상의 그 어떤 하얀 귀족 아가씨보
다도 예쁘다고 맹세했으며 그녀가 완전히 마음을 놓도록 그녀
의 주인 아가씨를 아주 우스꽝스럽게 묘사하여 리자는 진심
으로 웃을 수밖에 없었다.

"그래두."

그녀는 한숨 쉬며 말했다.

"아가씨가 우스울지는 몰라두유, 저는 아가씨에 비하면 무지렁이 바보지유."

"어허!"

알렉세이가 말했다.

"걱정할 일도 참 없네! 네가 원하면 내가 당장 가르쳐줄게."

"참말유?"

리자가 말했다.

"해보지 않을래유?"

"그래, 이쁜 아쿨리나. 당장 시작하자."

그들은 앉았다. 알렉세이는 주머니에서 연필과 수첩을 꺼내었고 아쿨리나는 놀랄 만큼 빠르게 알파벳을 익혔다. 알렉세이는 그녀의 이해력에 감탄하지 않을 수 없었다. 다음날 아침 그녀는 쓰는 것도 해보고 싶어했다. 처음에는 연필이 말을 듣지 않았지만 몇 분이 지나자 그녀는 상당히 그럴 듯하게 글자들을 그려냈다.

"정말 기적 같아!"

알렉세이가 말했다.

"영국 랭카스터식 학습법보다 더 빠르게 되네."

실제로 세번째 수업에서 아쿨리나는 이미 소설 「공후(公侯)의 딸, 나탈리야」를 스스로 설명까지 붙여가며 더듬더듬 읽기 시작했는데 그 설명들은 알렉세이를 정말로 놀라게 했다. 그녀는 그 소설에서 고른 말들을 적으며 종이 한 장을 새까맣게 만들어버렸다.

일주일이 지나자 그들 사이에 편지 교환이 시작되었다. 우체통은 늙은 참나무의 나무 구멍에 설치되었다. 나스탸는 몰래 우편 배달부의 임무를 수행하였다. 알렉세이는 큼직한 글씨로 쓴 편지들을 그리로 가져갔고 그곳에서 소박한 푸른색 봉투 속에 담긴 그의 연인의 삐뚤삐뚤한 글씨를 발견할 수 있었다.

그러는 사이 얼마 전부터 시작된 이반 페트로비치 베레스토프와 그리고리 이바노비치 무롬스키 간의 친교는 점점 더 두터워져서 곧 우정으로 변했는데 그것은 다음과 같은 상황 때문이었다. 즉 이반 페트로비치의 사후에 그의 모든 재산이 알렉세이 이바노비치의 손으로 넘어갈 것이고 그렇게 되면 알렉세이 이바노비치는 이 현에서 가장 부유한 층에 속할 것이며 그가 리자와 결혼하지 못할 이유는 어디에도 없다는 생각을 무롬스키가 자주 하게 되었던 것이다. 노 베레스토프 편에서도 자기 이웃이 약간 정신 나간 데가 있기는 하지만(또는 그의 표현을 빌자면 영국 바보병이 들었지만), 그가 매우 훌륭한 점 또한 많이 가지고 있다는 것은 부정하지 않았다. 예를 들어 그리고리 이바노비치가 보기 드문 수완가라는 점, 명망 있고 세력 있는 프론스키 백작의 가까운 친척이고 그 백작은 알렉세이에게 매우 필요한 존재일 수 있다는 점, 그리고 무롬스키가 아마도 자기 딸을 유리한 조건으로 시집 보내는 것을 기뻐하리라는 (이반 페트로비치는 그렇게 생각하였다) 점들이었다. 노인들은 그때까지 이 모든 것을 각자 혼자서 생각하고 있었으나 결국 의견을 교환하고 서로 얼싸안았다. 그러고는 이 일을 제대로 추진하기로 약속하고 각자 제 편에서 노력하기로 했다. 무롬스키 앞에는 어려운 난관이, 그 특기할 만한 식사 이후 한번도 만나지 않은 알렉세이와 더 친해지라고 벳시를 설득하는 일이 놓여 있었다. 그들은 서로를 마음에 들어하는 것 같지 않았다. 적어도 알렉세이는 그후 프릴루치노에 온 적이 없었고 리자는 이반 페트로비치가 친히 방문할 적마다 제 방으로 들어가 버렸다. 그러나 그리고리 이바노비치는 만약 알렉세이가 매일 자기 집에 오면 벳시도 그를 사랑하게 될 거라고 생각했다. 사물의 이치가 그런 법이지. 시간이 모든 것을 해결해 줄 테니까.

이반 페트로비치는 자기 계획이 성공하리라는 데 큰 의심을 품지 않았다. 바로 그날 저녁 그는 아들을 자신의 서재로 불러 파이프에 불을 붙이고 조금 뜸을 들이다가 말을 꺼냈다.

"어떠냐 요즘? 알료샤, 오래전부터 군복무에 대해 말이 없구나. 이제 경기병의 제복이 더 이상 매력이 없는 거구나!"

"아닙니다, 아버지."

알렉세이가 공손하게 대답했다.

"아버지께서 제가 경기병으로 나가는 걸 못마땅하게 여기신다는 걸 알고 있기 때문입니다. 아버지께 복종하는 것이 제 의무입니다."

"좋다."

이반 페트로비치가 대답했다.

"네가 내 말을 잘 따르는 아들이라는 걸 알겠구나. 내 마음에 위안이 된다. 나 또한 너에게 강요하고 싶은 마음은 없다. 너를 당장 문관으로 취직시키지는 않겠다. 우선은 너를 혼인

고(故) 이반 페트로비치 벨킨의 이야기

시키려고 한다."

"누구와 말인가요, 아버지?"

놀란 알렉세이가 물었다.

"리자베타 그리고레브나 무롬스카야하고."

이반 페트로비치가 대답했다.

"괜찮은 신붓감이지? 그렇지?"

"아버지, 저는 아직 결혼에 대해서 생각하고 있지 않습니다."

"너는 생각을 안하지. 그래서 너 대신 내가 생각하고 또 생각했다."

"아버지는 아버지대로 뜻이 있으시겠지만, 리자베타 이바노브나는 전혀 제 마음에 들지 않습니다."

"나중에는 마음에 들게 될 거다. 참고 사노라면 좋아지게 되지."

"그녀를 행복하게 해줄 자신이 없습니다."

"네가 걱정할 것은 그녀의 행복이 아니야. 뭐 어째? 그러니까 너 애비의 뜻을 어떻게 아는 거냐? 좋다!"

"마음대로 하세요. 저는 결혼하고 싶지도 않고 결혼하지도 않을 거예요."

"너는 결혼하게 될 거야. 그렇지 않으면 너를 저주할 거다. 하느님께 맹세코 난 영지를 팔아 다 탕진해 버리고 네게는 한 푼도 안 남길 거다! 생각할 여유를 3일 주겠다. 그전에는 내 눈앞에 나타나지 마라."

알렉세이는 아버지가 한번 무슨 생각을 머릿속에 담고 있으면 타라스 스코치닌[29]의 표현에 따르면 그것은 못으로도 뽑을 수 없다는 것을 알고 있었다. 알렉세이 또한 아버지를 닮아서 그의 뜻을 움직이는 것도 마찬가지로 어려운 일이었다. 그는 자기 방으로 가서 부모의 권한이 어디까지인가에 대하여, 리자베타 이바노브나에 대하여, 그를 거지로 만들어버리겠다는 아버지의 으름장에 대하여 그리고 마지막으로 아쿨리나에 대하여 생각했다. 그는 자신이 그녀를 열정적으로 사랑하고 있음을 처음으로 확실히 깨닫게 되었다. 농사꾼 처녀와 결혼하고 자신의 노동으로 생계를 이어간다는 소설적인 생각이 그의 머릿속을 파고들었다. 이 단호한 행동에 대해 생각하면 할수록 그는 그것이 매우 분별 있는 생각이라고 여기게 되었다. 얼마 전부터 숲속에서의 만남이 비 때문에 중단되어 있었다. 그는 아쿨리나에게 가장 명확한 글씨체로 가장 미친 듯한 문체로 편지를 썼다. 그는 그녀에게 그들을 위협하는 파국에 대해 알리고 곧바로 그녀에게 청혼하였다. 그는 당장 편지를 우체통으로, 나무 구멍으로 가져가고 나서 스스로에게 매우 만족하여 잠자리에 들었다.

다음날 확고하게 결심한 알렉세이는 터놓고 이야기하기 위해 아침 일찍 무롬스키에게로 갔다. 그의 관대함을 부추겨서 자기 편이 되어달라고 청하려 했다.

"그리고리 이바노비치 씨, 댁에 계신가?"

그는 프릴루치노 성채의 현관 앞에서 말을 멈추며 물었다.

---

29) 그리보예도프의 「미성년」에 나오는 인물.

"안 계십니다."

하인이 대답했다.

"그리고리 이바노비치 씨는 아침부터 출타중이십니다."

"정말 유감이군."

그는 잠시 생각했다.

"그럼 적어도 리자베타 그리고레브나는 댁에 계시겠지?"

"계십니다."

알렉세이는 말에서 뛰어내려 하인에게 고삐를 건네주고는 미리 알리지 않고 곧장 들어갔다.

"모든 것이 결정될 것이다."

거실에 다가가면서 그는 생각했다.

"그녀에게 직접 해명해야겠다."

그는 들어갔다……. 그리고 기둥처럼 우뚝 섰다! 리자…… 아니, 아쿨리나, 사랑스런, 거무그레한 아쿨리나가 사라판이 아니라 하얀 실내용 드레스를 입고 창가에 앉아서 그의 편지를 읽고 있었다. 그녀는 너무 깊이 몰두해서 그가 들어오는 기척도 듣지 못했다. 알렉세이는 너무나 기쁜 나머지 탄성을 지르지 않을 수 없었다. 리자는 몸을 떨며 고개를 들더니 소리지르며 도망가려 했다. 그는 그녀를 붙잡았다.

"아쿨리나, 아쿨리나! ……!"

리자는 그에게서 몸을 빼내려 하였다.

"놓아주세요, 정신 나갔어요(Mais laissez-moi donc, monsieur; mais etes-vous fou)?"

그녀는 몸을 돌리며 거듭 말했다.

"아쿨리나, 내 친구, 아쿨리나!"

그는 그녀의 손에 입을 맞추며 거듭 말했다. 이 장면을 목격한 미스 잭슨은 무슨 생각을 해야 할지 알 수가 없었다. 이때 문이 열리고 그리고리 이바노비치가 들어왔다.

"아하!"

무롬스키는 말했다.

"보아하니 너희들 일은 이미 다 끝난 모양이구나……."

독자분들께서는 결말을 묘사해야 하는 쓸데없는 의무에서 나를 놓아주시리라 믿는다.

I. P. 벨킨의 이야기 끝.

스페이드 여왕

스페이드 여왕

스페이드 여왕은 감추어져 있는 악심을 의미한다.

—신 예언집

1

날씨가 궂은 날

그들은 자주

모였다.

거는 돈을 두 배로—'하느님 용서하소서!'—

50에서 100으로

올려서

돈을 따기도 하고

분필로 표시하기도

하였다.

날씨가 궂은 날

그렇게 그들은 일에

바빴다.

어느 날 기병 대위 나루모프의 집에서 카드놀이를 하였다. 기나긴 겨울 밤은 어느새 지나가고 새벽 4시가 넘어 밤참을 먹게 되었다. 돈을 딴 사람들은 입맛이 돌아 맛있게 먹었고 나머지 사람들은 정신이 산란해져 먹지도 않고 빈 접시만 앞에 놓고 앉아 있었다. 그러나 샴페인이 나오기 시작하자 대화는 활기를 띠어 모두가 대화에 참여하게 되었다.

"어떻게 됐어, 수린?"

집주인이 물었다.

"졌어, 항상 그래. 운이 없다는 걸 인정해야겠어. 미란돌[1]만 하고, 열을 내지도 않고, 자제력을 잃은 적도 없는데 그래도 항상 잃기만 하니!"

"그래 자넨 한번도 자제력을 잃은 적이 없단 말이지? 한번도 루테[2]를 해본 적이 없단 말이지? ……자네의 굳은 의지는 놀랄 만하네."

"게르만은 어떤데!"

손님 중 한 사람이 젊은 공병을 가리키며 말했다.

"한번도 카드를 손에 잡은 적이 없지. 파롤리[3]를 해본 적도 없지만 새벽 5시까지 우리 곁에 앉아서 우리 노름을 지켜보지!"

---

1) 건 돈을 올리지 않고 노름을 하는 것을 말한다.
2) 돈을 걸고 있는 카드에 돈을 더 걸 때 쓰는 노름 용어.
3) 이기는 카드에 거는 돈을 두 배로 올릴 때 쓰는 노름 용어.

"노름이 나를 심히 몰두시키는 게 사실이네."

게르만이 말했다.

"그렇지만 잉여적인 것을 얻으려는 바람 때문에 필수적인 것을 희생할 처지가 아니네."

"게르만은 독일인이야. 그는 계산적이지. 이유는 그뿐이야!"

톰스키가 지적했다.

"허나 내가 이해하지 못하는 사람이 있다면 우리 할머니 안나 페도토브나 백작 부인이야."

"어째서, 왜 그런데?"

"난 이해할 수가 없어. 왜 우리 할머니가 노름을 하지 않는지!"

톰스키가 계속했다.

"하지만 80 먹은 노파가 노름을 하지 않는 게 뭐가 이상해?"

나루모프가 말했다.

"그래 자넨 그녀에 대해 아무것도 모르나?"

"아니, 정말, 아무것도 몰라!"

"오, 그러면 들어보게.

우리 할머니는 말일세, 60년 전 파리에 자주 드나들었는데 거기서 굉장한 인기를 모았다네. 사람들이 모스크바의 비너스인 그녀를 보기 위해 뒤쫓아다녔다네. 리슐리에⁴⁾도 그녀의 비

___

4) 1696~1788. 불란서의 유명한 정치가 리슐리에의 장조카 리슐리에 공후로 재치와 애정 행각으로 유명하였다고 한다.

위를 맞추느라 야단이었고 할머니의 장담에 따르면 자기의 냉혹한 태도 때문에 그가 거의 자살하려고 했었다네.

당시에는 귀부인들이 파라온[5]을 했다네. 한번은 궁정에서 그녀가 오를레앙 공[6]에게 무척 많은 액수의 빚을 졌다네. 집에 와서 할머니는 얼굴에 붙인 점들을 떼고 페티코트를 벗으면서 할아버지에게 노름빚 얘기를 하고 돈을 지불하라고 명령했네.

돌아가신 할아버지는 내가 기억하기에 할머니의 집사 같은 처지였네. 그는 할머니를 불처럼 무서워했지. 그런데 그렇게 많이 잃었다는 소리를 듣고는 무척 화를 내더니 계산서들을 가져와서 그녀에게 반년 동안 50만을 썼고 파리 부근은 물론 모스크바 부근의 영지도 사라토프의 영지도 없다는 사실을 증명해 보이고 지불을 깨끗이 거절했네. 할머니는 할아버지에게 따귀를 한 대 올려붙이고는 실총(失寵)의 표시로 따로 잤다네.

다음날 그녀는 가내 형벌이 그에게 영향을 주었으면 하는 희망을 갖고 남편을 불러오라고 명했지. 그러나 그는 전혀 흔

---

5) 18세기부터 19세기 초까지 유행하던 노름. 이는 카드 두 묶음을 가지고 하는 노름으로 한 묶음은 물주가 한 묶음은 돈을 거는 사람들이 사용한다. 도박꾼들이 묶음에서 카드를 골라 엎어놓으면 물주가 자기 앞에 왼쪽 오른쪽으로 카드를 내려 놓는다. 도박꾼의 카드와 물주의 왼쪽 카드가 일치하면 도박꾼이 이기고, 오른쪽 카드가 일치하면 물주가 이긴다. 그렇지 않은 경우에는 판에 깔린 모든 카드들을 가지고 계산하게 된다.
6) 루이 필립 요셉(1747~1793). 프랑스의 정치가이다. 프랑스 혁명 중에 '평등 시민'으로 알려졌고 젊은 시절을 방탕하고 사치스럽게 보냈다.

들림이 없었네. 일생 처음으로 그녀는 그에게 의논하고 해명하는 지경에까지 이르렀다네. 그녀는 빚이라고 다 같은 빚이 아니며 공작과 마차꾼 사이에는 차이가 있는 거라고 조심스레 말하면서 그의 양심에 호소해 보았네. 그런데 웬걸! 할아버지는 반란군 같았네. 아무 소용도 없었어! 마이동풍이었네! 할머니는 어찌할 바를 몰랐지.

할머니는 매우 기이한 사람과 꽤 가깝게 지내고 있었다네. 자네들도 여러 가지 기이한 이야기를 남긴 생제르멩 백작[7]에 대해 들어봤겠지. 그는 자신이 영원한 유대인[8]으로 불사약과 현자의 돌을 발명한 사람이라고 자처했었네. 사람들은 그를 사기꾼이라고 비웃었지만 카사노바[9]의 일기에는 그가 스파이였다고 적혀 있다네. 게다가 생제르멩은 수상쩍은 정체에도 불구하고 매우 점잖은 외모를 가지고 있었고 사교계에서도 사랑을 받았네. 할머니는 지금까지도 그를 정신 나갈 정도로 사랑하고 있다네. 그에 대해 불경스런 말을 하기라도 하면 막 화를 낸다네. 할머니는 생제르멩이 큰 돈을 주무르는 것을 알고 있었네. 그녀는 그에게 매달리기로 마음 먹었네. 그에게 편지를 써서 당장 자기에게 와달라고 부탁했네.

기이한 늙은이는 당장 나타나 끔찍하게 슬퍼하고 있는 그녀를 만났네. 그녀는 그에게 검디검은 색채로 남편의 야만스러움에 대해 묘사한 후 마지막으로 그녀의 모든 희망은 오직 그

---

7) 1710~1784. 악명 높은 모험가로 여러 해 동안 프랑스 궁정에 머물렀다.
8) 신에게 죄를 짓고 고통 속에 영원히 방랑하는 전설의 인물이다.
9) 1725~1798. 이탈리아의 유명한 모험가로 상당량의 일기를 남겼다.

의 우정과 친절에 달려 있다고 말했다네.

생제르멩은 깊이 생각했네.

'저는 당신에게 그만한 액수를 내놓을 수 있습니다.' 그가 말했다네. '그러나 그러면 또 제게 빚을 갚으실 때까지 마음이 편치 않으시겠지요. 전 당신을 또 다른 문제로 끌어들이고 싶지 않습니다. 다른 방법이 있습니다. 당신은 노름으로 그 돈을 다 딸 수 있지요.' '그러나 제겐 돈이 한푼도 없어요. 친절하신 백작님.' 할머니가 말했다네. '돈은 필요없어요.' 생제르멩이 말했네. '자, 제 말을 들어보세요.' 여기서 그는 할머니에게 우리 중 누구라도 비싼 값을 치를 만한 비밀을 알려줬네……."

젊은 노름꾼들은 갑절로 주의를 기울였다. 톰스키는 파이프 담배에 불을 붙여 한 모금 길게 빨아들인 후 계속했다.

"바로 그날 저녁 할머니는 베르사이유의 황후가 벌인 카드 노름판에 나타났네. 오를레앙 공이 은행을 맡았었네. 할머니는 빚을 갚지 못해서 미안하다고 살짝 사과하고 그것에 대해 약간의 거짓말을 꾸며대고 난 후 그와 노름을 시작했네. 그녀는 카드를 3장 골라 연달아 걸었는데 카드 3장이 모두 이겼고 할머니는 3판 모두 깨끗이 물주를 눌러 완전히 이겼다네."

"우연이야!"

손님 중의 어떤 사람이 말했다.

"꾸며낸 이야기야!"

게르만이 지적했다.

"아마도 표시를 한 카드들이었겠지?"

또 다른 사람이 끼여들었다.

"그렇게 생각하지 않네."

톰스키가 젠체하며 대답했다.

"그럴 수가!"

나루모프가 말했다.

"그렇게 카드 3장을 차례로 알아맞히는 할머니가 있는데 여태까지 자네는 그 비법을 전수받지 못했나?"

"그래, 정말 화가 나는 일이야!"

톰스키가 대답했다.

"그녀에겐 아들이 넷 있었는데 그중에는 우리 아버지도 포함되지. 네 아들 모두 노름을 무지무지 좋아했는데 그중 누구에게도 그녀는 그 비밀을 털어놓지 않았네. 그것이 그들이나 나를 위해서 나쁜 일이 아니었을 텐데. 허나 아저씨 이반 일리치 백작이 명예를 걸고 정말이라며 한 이야기가 있네. 수백만을 탕진하고 가난하게 죽은 바로 그 차플리츠키가 젊었을 때 한번은 ─ 조리치[10]의 계산에 따르면 ─ 30만 가량을 노름으로 잃었다네. 그는 절망했네. 젊은 사람들의 경솔한 행동에 항상 엄격했던 할머니는 어쩐 일인지 차플리츠키를 동정했네. 그녀는 그에게 연달아 걸라며 카드 3장을 알려주고 다시는 노름을 하지 않겠다는 서약을 받아냈네. 차플리츠키는 노름에서 자기를 이겼던 사람 앞에 나타났고 둘은 도박판을 벌였네. 차플리츠키는 첫번째 카드에 5만을 걸어 깨끗이 물주를 눌렀

---

10) 1762년부터 1796년까지 통치한 러시아 여황제 카테리나 2세의 총신으로 카드 노름을 무척 좋아했다고 한다.

지. 거는 돈을 2배로 올렸지. 2배에 또 2배를 올리고…… 그래도 계속 이기기만 했네……."

자러 갈 시간이었다. 벌써 6시 15분 전이었다.

실제로 동이 터오고 있었다. 젊은이들은 자기 잔을 마저 들이켜고 뿔뿔이 흩어졌다.

2

—신사 양반이 하녀들을
더 좋아하는 게 분명한 것 같네요.
—어쩌겠어요, 자애로우신 부인.
그들이 더 신선한걸요.

—Il parait que monsieur est
desidement pour les suivantes.
—Que voulez-vous, madame? Elles
sont plus fraîches.

노(老) ○○○ 백작 부인은 그녀의 탈의실 거울 앞에 앉아 있었다. 하녀 세 명이 그녀를 둘러싸고 있었다. 한 하녀는 연지통을, 다른 하녀는 핀이 담긴 갑을, 또 다른 하녀는 불 타는 듯한 색깔의 리본이 달린 높다란 모자를 들고 있었다. 백작 부인은 오래전에 시들어버려 아름답게 보이려는 생각은 전혀 할 수 없었지만, 젊었을 때의 모든 습관을 유지하여 1770년대의 유행을 엄격히 따랐고 60년 전과 마찬가지로 열성적으로 옷치장에 많은 시간을 보냈다. 창가에서는 그녀의 양녀인 젊은 여자가 뜨개질을 하고 있었다.

"안녕하세요, 할머니(grand'maman)."

젊은 장교가 들어오며 말했다.

"안녕하세요, 리자 양(Bonjour, mademoiselle Lise). 부탁드릴게 있어요, 할머니(grand'maman)."

"뭐냐, 폴."

"제 친구 한 사람을 소개해 드리고 싶어요. 그리고 금요일 무도회에 할머니 앞에 데리고 올 수 있도록 허락해 주세요."

"그를 곧장 무도회로 데리고 오렴. 거기서 그를 소개해 다오. 너 어제 ○○○ 댁에 갔었니?"

"물론이죠. 아주 재미있었어요. 새벽 5시까지 춤을 추었지요. 옐레츠카야는 얼마나 예뻤는지요!"

"오, 사랑하는 폴, 그 애한테 예쁜 구석이 어디 있니? 그 애의 할머니 다랴 페트로브나 공주가 어디 그랬냐? ……참 그녀도 이제 퍽 늙었겠구나. 다랴 페트로브나 공주말이다."

"어떻게 늙는단 말이에요?"

톰스키가 방심한 채 대꾸했다.

"7년 전에 벌써 죽었는데요."

젊은 여자가 고개를 들고 젊은이에게 눈짓을 했다. 그는 사람들이 백작 부인에게 동갑내기의 죽음을 비밀로 하고 있었다는 것을 생각해 내고 입술을 깨물었다. 그러나 백작 부인은 금시초문인 이 소식에 별로 신경 쓰지 않았다.

"죽었다고!"

그녀는 말했다.

"근데 내가 몰랐다니! 우리는 함께 궁정 부인으로 봉해졌었지. 우리가 인사를 드렸을 때, 황후께서는……."

그리고 백작 부인은 수백 번 한 이야기를 또다시 손자에게 늘어놓았다.

"이제, 폴."

그러고 나서 그녀는 말했다.

"일어서는 걸 좀 도와다오. 리자, 내 담뱃갑 어딨지?"

그리고 백작 부인은 하녀들과 함께 몸단장을 마저 끝내기 위해 병풍 뒤로 들어갔다. 젊은 여자와 톰스키만 남았다.

"누구를 소개하려 하는데요?"

리자베타 이바노브나가 조용히 물었다.

"나루모프예요. 그를 아세요?"

"아니요. 그가 무관이에요, 문관이에요?"

"무관이요."

"공병이에요?"

"아니, 기병. 그가 공병일 거라고 생각하는 이유가 뭐지요?"

젊은 여자는 웃으면서 아무 대답도 하지 않았다.

"폴!"

백작 부인이 병풍 뒤에서 소리쳤다.

"내게 새 소설책을 아무거나 가져다주렴. 그런데 제발 요즘에 나온 건 빼고."

"어떤 소설 말이에요, 할머니?"

"말하자면 주인공이 아버지나 어머니를 목졸라 죽이거나 하지 않고 또 물에 빠진 시체가 등장하지 않는 그런 소설 말이야. 나는 물에 빠진 사람이 굉장히 무서워."

"요즘에는 그런 소설은 없어요. 러시아 소설을 읽어보지 않으실래요?"

"러시아 소설도 있니? ……가져와 봐. 좀 가져와 봐라."

"죄송해요, 할머니. 전 바빠요. 죄송해요. 리자베타 이바노브나! 그런데 어째서 나루모프가 공병이라고 생각했지요?"

그리고 톰스키는 의상실에서 나갔다.

리자베타 이바노브나는 혼자 남았다. 그녀는 일손을 놓고 창밖을 바라보았다. 곧 거리의 한쪽 모퉁이에 있는 건물 뒤에서 젊은 장교가 나타났다. 그녀의 뺨이 붉어졌다. 그녀는 다시 일감을 손에 잡고 수놓던 천 위로 고개를 숙였다. 이때 완벽하게 옷을 차려입은 백작 부인이 들어왔다.

"리자, 마차를 준비시켜라. 산책하러 가게."

리자는 수틀을 내려놓고 자기 일감을 치우기 시작했다.

"뭘 꾸물거려. 왜 그러니. 얘, 너 바보냐!"

백작 부인이 소리쳤다.

"어서 마차를 준비하라고 이르라니까."

"당장 할게요."

젊은 여자는 나직하게 대답하고 현관으로 달려갔다.

하인이 들어와 파벨 알렉산드로비치 공작이 보낸 책들을 백작 부인에게 전했다.

"좋아! 감사하다고 전해라."

백작 부인이 말했다.

"리자, 리자! 근데 너 어디 가니?"

"옷 갈아입으려고요."

"아직 시간이 남았는데…… 얘야, 여기 앉아. 제1권을 펴고 소리내어 읽어봐라……."

젊은 여자는 책을 들고 몇 줄 읽었다.

"더 크게 읽어봐."

백작 부인이 말했다.

"얘, 너 왜 그러니? 목소리가 기어들어가네. 왜 그래? …… 잠깐, 의자를 나한테로 좀더 가까이 끌고 와라. 더 가까이…… 자!"

리자베타 이바노브나는 2쪽을 더 읽었다. 백작 부인은 하품을 했다.

"그 책 내다 버려라."

그녀는 말했다.

"무슨 깡깽이 같은 헛소리야! 파벨 공작에게 돌려주고 감사하다고 전해라…… 근데 마차는 어찌 됐어?"

"마차는 준비됐어요."

리자베타 이바노브나가 거리를 내다보며 말했다.

"근데 넌 왜 옷도 아직 안 입었니?"

백작 부인은 말했다.

"항상 너를 기다려야 하는 거냐! 얘, 지겹다 지겨워."

리자는 자기 방으로 달려갔다. 2분도 채 지나지 않아 백작 부인은 온 힘을 다해서 종을 울리기 시작했다. 하녀 세 명이 한쪽 문으로 달려 들어가고, 하인은 다른 문으로 들어갔다.

"도대체 종소리도 못 들었니?"

백작 부인이 말했다.

"리자베타 이바노브나에게 내가 기다린다고 전해라."

리자베타 이바노브나는 얇은 외투를 걸치고 모자를 쓰고 들어왔다.

"이제야 왔구나, 얘야!"

백작 부인이 말했다.

"근데 왜 그렇게 차려입고 야단이냐? 뭣 때문에? ……누구를 홀리기라도 하려고 그러냐? ……근데 날씨는 어때? 바람이 부는 것 같은데."

"전혀 바람은 없습죠. 나리 마님! 아주 고요합죠!"

하인이 대답했다.

"자네는 항상 되는 대로 말하는군! 환기창을 열어 봐. 자, 봐, 바람이 불지! 꽤 차가워! 말을 도로 풀어라! 리자, 우린 안 갈 거다. 옷을 차려입을 필요가 없었구나."

'이게 내 삶이야!' 리자베타 이바노브나는 생각했다.

실제로 리자베타 이바노브나는 매우 불행한 존재였다. 단테가 말했듯이 남의 빵을 먹는 것은 고통스러운 일이고 남의 집 현관의 계단을 디디는 것은 어려운 일이다. 신분 높은 노파의 가난한 양녀만큼 의존의 서러움을 아는 사람이 누가 있겠는가? 물론 백작 부인이 악독한 마음을 가진 것은 아니었다. 그러나 사교계에서 항상 떠받들어져 버릇이 나빠진 여자가 으레 그렇듯이 변덕이 심하고 인색했으며, 자신의 시대에 사랑할 것은 이미 다 사랑했고 현재를 낯설어 하는 모든 나이 든 사람들이 그렇듯이 차가운 이기주의에 빠져 있었다. 그녀는 사교계의 모든 쓸데없는 짓거리에 참여했으며 옛날식 화장과 몸치장을 하고는 무도회마다 몸을 질질 끌고 나가 무도장에 없어서는 안 될 흉측한 장식물로서 구석에 앉아 있었다. 도착한 손님들은 정해진 규칙처럼 그녀에게 허리를 정중히 굽히고 인사를 하며 다가오지만 그러고 나서는 아무도 그녀에게 신경 쓰지 않았다. 그녀는 엄격하게 예의를 갖춰 도시의 모든 사람들을 맞이했으나 얼굴을 알아보는 경우는 없었다. 그녀의 수많은 종복들은 서로 경쟁하듯이 죽어가는 노파에게서 도둑질하여 실컷 먹고 살이 쪄서 그녀 집 현관방이나 하녀 방에서 늙어가고 있었다. 리자베타 이바노브나는 집안의 수난자였다. 그녀는 차를 마실 때면 설탕을 낭비하지 말라는 주의를 들어야 했다. 그녀는 소리 내어 책을 읽어야 했으며 작가의 모든 실수에 대해 책임을 져야 했다. 그녀는 백작 부인의 산책에 동반해야 했으며 날씨와 포장 도로에 대해서 책임을 져야 했다. 그녀에게 봉급이 책정되어 있기는 했지만 제대로 받은 적은 한번도 없었다. 그러나 그녀는 모든 사람들처럼, 말하자면 극히 소수의 사람들처럼 옷을 입어야만 했다. 사교계에서 그녀의 역할은 실로 비참한 것이었다. 모든 사람들이 그녀를 알고 있었지만 누구도 아는 척하지 않았다. 무도회에서 그녀가 춤을 출 수 있는 때는 쌍vis-à-vis이 모자라는 경우뿐이었다. 부인들은 자기의 옷매무새를 바로잡기 위해 화장실에 갈 때마다 그녀를 끌고 갔다. 그녀는 자존심이 강했기 때문에 자신의 처지를 절감하면서 구원자가 나타나 주기를 바라며 초조하게 주위를 살펴보고 있었다. 그러나 젊은이들은 경박한 허영심에 빠진 데다 계산적이어서 비록 리자베타 이바노브나가 그들이 따라다니는 신부감들보다 백 배나 덜 뻔뻔스럽고 백 배나 덜 차가웠지만 아무도 그녀에게 관심을 기울이지 않았다. 몰래 지루하고 화려한 응접실을 나와 벽지를 바른 병풍들이 놓여 있고 궤짝과 조그만 거울, 페인트칠을 한 침대 그리고 더러운 초가 청동 촛대에서 희미하게 타고 있는 자기의 초라한 방에서 울음을 터뜨린 적이 얼마나 많았던가!

그러던 어느 날, 그것은 이 소설의 서두에서 묘사된 그 저녁 이후 2일이 지난 날이었고, 지금 위에서 묘사된 장면이 있기 7일 전이었다. 어느 날 리자베타 이바노브나가 우연히 거리를 내다보니 한 젊은 공병이 꼼짝 않고 서서 그녀의 창문을 응시하고 있었다. 그녀는 고개를 수그리고 다시 일을 손에 잡았다. 5분 후에 다시 보니 그 장교는 같은 장소에 서 있었다. 지나가는 군인들에게 애교 떠는 법이 없는 그녀는 거리를 내다보기를 멈추고는 고개를 들지 않고 2시간 가량 수를 놓았다. 점심때가 되었다. 그녀는 일어나서 수틀을 치우기 시작하다가 우연히 거리를 바라보게 되었는데 또다시 그 공병이 눈에 띄었다. 그녀는 너무 야릇하다는 생각이 들었다. 점심 식사 후에 그녀는 약간 불안한 심정으로 창가로 다가갔으나 그 장교는 이미 가버린 뒤였고 그녀도 그에 대해서 잊어버렸다……

2일 후에 백작 부인과 함께 마차에 타다가 그녀는 또다시 그를 보았다. 그는 바로 현관 근처에 비버 깃으로 얼굴을 가리고 서 있었다. 그의 검은 두 눈이 모자 밑에서 빛났다. 리자베타 이바노브나는 스스로도 이유를 알 수 없는 경악과 형언할 수 없는 전율을 느끼며 마차에 올라탔다.

집으로 돌아온 그녀는 창가로 달려갔다. 장교는 그녀에게로 두 눈을 향한 채 예전 그 자리에 서 있었다. 그녀는 호기심으로 괴로워하며 그리고 이제껏 경험하지 못했던 감정으로 가슴 설레며 창가에서 물러났다.

그후로 젊은이가 정해진 시각에 창문 아래에 나타나지 않는 날은 하루도 없었다. 그와 그녀 사이에는 약속하지 않은 관계가 형성되었다. 그녀는 일감을 잡고 앉아 있다가 그가 다가오는 것이 느껴지면 머리를 들어 그를 바라보았다. 매일 매일 점점 더 오래. 젊은이도 그런 그녀에게 감사하는 듯했다. 그녀의 젊고 날카로운 눈은 그들의 시선이 마주쳤을 때 그의 창백한 뺨에 얼핏 지나가는 홍조를 알아보았다. 7일이 지나자 그녀는 그에게 미소 지었다…….

톰스키가 백작 부인에게 자기 친구를 소개하게 해달라고 청했을 때 가련한 처녀의 가슴은 뛰고 있었다. 그러나 나루모프가 공병이 아니라 기병이라는 사실을 알게 되었을 때 그녀는 지나친 질문으로 자기의 비밀을 경솔한 톰스키에게 들켜버렸다고 속상해했다.

게르만은 러시아에 귀화한 독일인의 아들로 그의 아버지는 그에게 유산을 조금 남겼다. 자기의 독립을 확고히 해야 할 필요성을 굳게 믿고 있어서 게르만은 이자도 건드리지 않은 채 급료만으로 살고 있었으며 자신에게 조금도 사치를 허용하지 않았다. 게다가 그는 내성적이고 명예욕이 강한 사람이어서 그의 동료들이 도가 지나친 자신의 절약에 대해 비웃을 만한 기회를 거의 주지 않았다. 그는 강한 열정과 불타는 상상력을 지니고 있었으나 확고한 신념이 있었기 때문에 젊은이들이 으레 빠져드는 경솔한 행동에 쉽게 빠져들지 않았다. 그래서, 예를 들어 마음속으로는 도박꾼이면서 한번도 카드를 손에 쥔 적이 없었다. 왜냐하면 잉여적인 것을 얻으려는 바람 때문에 필수적인 것을 희생할 처지가 아니라고 판단하였기 때문이다. (그는 종종 그렇게 말하곤 했다.) 그렇지만 꼬박 며칠 밤을 도박판에 앉아서 열병 같은 전율을 느끼며 도박의 승패를 지켜보곤 했다.

　3장의 카드에 대한 일화는 그의 상상력을 강하게 사로잡아 밤새도록 그의 머릿속을 맴돌았다. '만약, 그렇다면, ──다음날 저녁 페테르부르크 거리를 배회하면서 그는 생각했다──만약 늙은 백작 부인이 내게 자기 비밀을 알려준다면, 또는 내게 3장의 확실한 카드를 지정해 준다면! 자신의 행운을 시험해 보기를 마다할 필요가 있을까?⋯⋯나를 소개하고 그녀의 자비를 구하는 거지. 좋아, 그녀의 애인이 되는 거야. 그런데 이 모든 것을 위해서는 시간이 필요한데, 그녀는 87세니 7일, 아니 2일 후에 죽을지도 모르지! 그런데 그 일화는? ⋯⋯그것을 믿을 수 있을까? ⋯⋯아니야! 절약, 절제, 근면, 이것들이 내 재산을 3배, 7배로 만들어주고 내게 안정과 독립을

가져다줄 내 확실한 3장의 카드지!'

이렇게 생각하는 중에 그는 페테르부르크의 큰 거리들 중 하나에 위치한 고풍스러운 건물 앞에 발길이 닿았다. 그 거리는 마차로 붐볐고 사륜 마차들이 줄지어 불이 환하게 켜진 입구로 미끄러져 들어갔다. 마차들에서는 계속해서 젊은 미인의 날씬한 다리나 기병들의 쩔렁거리는 장화, 또는 줄무늬 양말과 외교관의 단화가 내려왔다. 털외투나 반코트 등이 몸집 큰 문지기 곁을 스쳐 지나갔다. 게르만은 멈춰 섰다.

"여기가 누구 집입니까?"

그는 모퉁이의 파수꾼에게 물었다.

"○○○ 백작 부인 댁입니다."

파수꾼이 대답했다.

게르만은 몸을 떨기 시작했다. 기이한 일화가 다시 그의 상상 속에 떠올랐다. 그는 저택의 여주인과 그녀의 기적 같은 능력에 대해 생각하면서 저택 근처에서 배회하기 시작했다. 늦게서야 그는 자신의 검소한 방으로 돌아왔으나 오래도록 잠을 이루지 못했다. 그리고 잠이 들었을 때는 카드와 초록색 도박 테이블, 돈더미, 금화 무더기들이 꿈에 나타났다. 그는 차례로 카드를 걸었고 거는 돈을 배로 단호하게 올렸으며 계속 이겨서 금화를 긁어모았고 지폐를 주머니에 집어넣었다. 늦게서야 잠이 깨어 그는 자신의 환상적인 부를 잃은 것에 대해 한숨을 쉬고는 다시 도시를 배회하며 다시 ○○○ 백작 부인의 저택 앞에 발길을 멈추게 되었다. 알 수 없는 힘이 그를 이 집으로 이끄는 것 같았다. 그는 멈추어 서서 창문들을 바라보았다.

한 창문에서 아마도 책을 읽거나 수를 놓느라고 고개를 숙였을 검은 머리가 보였다. 머리가 쳐들어졌다. 게르만은 생기 있는 얼굴과 검은 두 눈을 보았다. 이 순간이 그의 운명을 결정했다.

3

나의 천사, 그대는 제게 또
넉 장의 긴 편지를 보내시는군요,
제가 미처 다 읽기도 전에

Vous m'écrives, mon ange, des
lettres de quatre pages plus vite que
je ne puis les lire.

——편지 교환

리자베타 이바노브나가 망토와 모자를 막 벗자마자 백작 부인은 다시 그녀에게 사람을 보내 다시 마차를 준비시키라고 명령했다. 그들은 마차를 타러 계단을 걸어 내려왔다. 두 명의 하인이 노파를 부축하여 문으로 밀어넣었을 때 리자베타 이바노브나는 마차 바퀴 옆에 서 있는 그녀의 공병을 보았다. 그는 그녀의 손을 잡았고 그녀는 놀라서 정신을 차릴 수가 없었다. 젊은이는 사라졌고 그녀의 손에는 편지가 쥐어져 있었다. 그녀는 편지를 장갑 속으로 숨겼고 내내 아무것도 듣지도 보지도 못했다. 백작 부인은 마차 안에서 '우리가 마주친 사람이 누구냐? 이 다리 이름이 뭐지? 저기 간판에 뭐라고 써 있냐?' 등으로 항상 질문을 하는 습관이 있었다. 리자베타 이바노브나는 이번에는 건성으로 얼토당토않게 대답하여 백작 부인을 화나게 하였다.

"이 여자야, 도대체 무슨 일이야? 정신이 나갔냐? 내 말이 안 들리냐 아니면 알아듣지를 못하는 거냐? ……다행히 난 아직 말을 더듬지도 않고 망령이 들지도 않았어!"

리자베타 이바노브나는 그녀의 말에 귀기울이지 않았다. 집으로 돌아오자 그녀는 자기 방으로 달려가 장갑에서 편지를 꺼냈다. 편지는 봉해져 있지 않았다. 리자베타 이바노브나는 편지를 읽었다. 편지는 사랑 고백을 내용으로 하고 있었다. 고백은 부드럽고 정중했으며 한마디 한마디가 독일 소설에서 따온 것이었다. 그러나 리자베타 이바노브나는 독일어를 몰랐기 때문에 그 고백이 매우 만족스러웠다.

그러나 그녀가 받은 편지는 그녀를 극도로 불안하게 했다. 처음으로 그녀는 젊은 남자와 비밀스런 친분 관계에 들어간 것이다. 그의 대담함이 그녀를 경악스럽게 했다. 그녀는 자신이 조심스럽지 않게 행동한 것에 대해 자책하며 어찌할 바를 몰랐다. 창가에 앉지 말고 주의를 기울이지도 말아서 젊은 장교가 더 이상 그녀를 따라다닐 마음을 갖지 못하게 할까? 그에게 편지를 보낼까? 차갑고 단호하게 답할까? 그녀는 의논할 사람이 없었다. 리자베타 이바노브나는 답신을 보내기로 작정했다.

그녀는 책상에 앉아 펜과 종이를 꺼내고 생각하기 시작했다. 몇 차례나 편지를 쓰기 시작했으나 찢어버리고 말았다. 어떤 때는 표현이 너무 너그러운 것 같고 어떤 때는 너무나 잔인한 것 같았다. 마침내 그녀는 마음에 드는 몇 줄을 쓰는 데 성공하였다. 그녀는 다음과 같이 썼다. '저는 당신께서 순수한 의도를 가지고 계시며 경솔한 행동으로 저를 모욕하는 것을 원치 않으신다고 확신합니다. 그러나 우리의 만남은 그런 식으로 시작되어서는 안 됩니다. 당신의 편지를 돌려보내니 앞으로 더 이상 제 탓이 아닌 댁의 무례를 한탄할 이유를 갖게 되지 않기를 희망합니다.'

다음날 리자베타 이바노브나는 게르만이 오는 것을 보고는 수틀을 내려놓고 홀로 나가 환기창을 열었다. 그리고 젊은이가 민첩하게 행동하리라 기대하며 편지를 거리로 떨어뜨렸다. 게르만이 달려와 편지를 주워 제과점으로 들어갔다. 봉을 뜯으니 그 안에 그의 편지와 리자베타의 답변이 들어 있었다. 그는 그것을 기대하기도 했었다. 그는 자신의 계략에 골몰하며 집으로 돌아왔다.

3일이 지난 후 옷가게에서 일하는 눈치 빠른 어린 점원 아이가 쪽지를 가져왔다. 리자베타 이바노브나는 지불을 요청하는 것이리라 생각하고 불안한 마음으로 그것을 펼쳤으나 곧바로 게르만의 필체를 알아보았다.

"저, 착한 아가씨, 잘못됐어요."

그녀는 말했다.

"이건 내게 보내는 게 아니에요."

"아니에요. 바로 당신에게 보내는 거예요!"

대담한 소녀는 교활한 미소를 감추지 않고 대답했다.

"읽어보세요!"

리자베타 이바노브나는 재빨리 쪽지를 읽어보았다. 게르만은 밀회를 요청하고 있었다.

"이럴 수가!"

리자베타 이바노브나는 그의 성급함과 그가 사용한 방법에 대해 경악하며 말했다.

"이건 정말 나한테 온 게 아니야!"

그녀는 편지를 조각조각 찢었다.

"편지가 당신한테 온 게 아니라면 왜 그걸 찢어요?"

점원 아이가 말했다.

"저라면 그것을 보낸 사람에게 돌려주었을 텐데요."

"자, 아가씨!"

리자베타 이바노브나는 점원 아이의 말에 열이 올라 말했다.

"앞으로는 내게 쪽지를 가져오지 말아요. 그리고 아가씨를 보낸 사람에게 말해요. 부끄러워해야 한다고……."

그러나 게르만은 멈추지 않았다. 리자베타 이바노브나는 매일 그의 편지를 이런저런 방법으로 받았다. 그 편지들은 이제 더 이상 독일어에서 옮긴 것이 아니었다. 게르만은 정열에 의해 영감을 받아 썼으며 자신의 말로 이야기했다. 그 속에는 그의 불굴의 욕망과 통제되지 않은 상상들이 무질서하게 나타났다. 리자베타 이바노브나는 이제 그것들을 돌려보낼 생각은 하지 않았다. 그녀는 그것을 즐기며 편지에 답장을 하게 되었다. 그리고 그녀의 쪽지는 시간이 지날수록 점점 더 길어졌고 상냥해졌다. 마침내 그녀는 그에게 창문을 통하여 다음과 같은 편지를 떨어뜨렸다.

'오늘 ○○○ 공사의 저택에서 무도회가 있습니다. 백작 부인은 그곳에 갈 겁니다. 우리는 밤 2시까지 머무를 겁니다. 당신과 제가 단둘이 만날 수 있는 기횝니다. 백작 부인이 떠나자마자 그녀의 하인들은 아마도 뿔뿔이 흩어질 테고 복도에는 문지기만 남게 될 텐데 그는 보통 자기 방으로 들어가 버립니다. 11시 30분에 오세요. 그리고 곧장 계단으로 올라가세요. 누군가 현관에서 당신을 발견하면 백작 부인이 댁에 계시냐고 물어보세요. 아니라고 대답할 거예요. 그러면 할 수 없어요. 당신은 돌아가셔야 해요. 그러나 당신은 필시 아무도 만나게 되지 않을 거예요. 하녀들은 하녀 방에 모두 함께 있을 거예요. 현관방에서 왼쪽으로 걸어서 백작 부인의 침실까지 곧장 가세요. 침실 병풍 뒤에 조그만 문이 두 개 있어요. 오른쪽 문을 열면 백작 부인이 한 번도 들어간 적 없는 서재로 가게 되고, 왼쪽 문을 열면 복도로 나가게 되는데, 거기서 바로 휘감아 올라가는 좁은 계단이 있어요. 그 계단을 따라오면 제 방이 나와요.'

게르만은 정해진 만남을 기다리며 표범처럼 떨었다. 밤 10시에 그는 벌써 백작 부인의 저택 앞에 서 있었다. 날씨는 정말 나빴다. 바람이 불었고 축축한 함박눈이 내리고 있었다. 가로등 불빛은 희미했고 거리는 텅 비어 있었다. 가끔 마부가 때늦은 승객이 없나 내다보며 비쩍 마른 말의 고삐를 잡고 천천히 지나갔다. 게르만은 프록코트만 입었으나 바람도 눈발도 느끼지 못했다. 드디어 백작 부인의 마차가 준비되었다. 게르만은 하인들이 족제비 털 외투로 감싸여진 등이 굽은 노파를 부축하여 내오는 것을 보았고, 그뒤를 얇은 망토를 걸치고 싱싱한 꽃으로 머리를 장식한 그녀의 양녀가 뒤따르는 것을 보았다. 마차는 파삭한 눈 위를 무겁게 굴러갔다. 문지기는 문을 닫았다. 창문들도 불이 꺼졌다. 게르만은 텅 빈 집 부근을 배회했다. 그는 가로등으로 다가가 시계를 보았다. 11시 20분이었다. 그는 시계 바늘에 눈을 멈추고 남은 몇 분을 기다리며 가로등 아래 서 있었다. 11시 30분 정각에 그는 백작 부인의 현관으로 올라가 불이 환하게 밝혀진 복도로 들어갔다. 문지기는 없었다. 게르만은 계단을 따라 달려올라가 현관방으로 들어가는 문을 열고 램프 아래 낡고 때가 묻어 얼룩진 소파 위에서 자고 있는 하인을 보았다. 가벼우면서도 확고한 걸음걸이로 게르만은 그의 앞을 지나갔다. 홀과 응접실은 어두웠다. 현관방으로부터 불빛이 새어나와 홀과 응접실을 비추고 있었다. 게르만은 침실로 들어갔다. 오래된 성상들로 가득 찬 조그만 탁자 앞에서 금색 등이 희미하게 불타고 있었다. 빛바랜 천으로 된 안락의자들과 오리털 쿠션이 놓여 있는 도금이 벗겨진 소파들이 중국제 벽지를 바른 벽 부근에 볼품없는 대칭을 이루고 놓여 있었다. 벽에는 파리에서 레브렌 부인[11]이 그린

---

11) 1755~1842. 프랑스 여류 화가로 유럽에서 명성이 높았다.

초상화 두 점이 걸려 있었다. 하나는 40세쯤 됐을 혈색 좋고 살이 찐 남자가 밝은 녹색 제복을 입고 별을 달고 있는 모습을 그린 것이었고, 다른 하나는 틀어올린 머리에 금박을 뿌리고 장미를 단 매부리코의 젊은 미인을 그린 것이었다. 모퉁이마다 지난 세기의 말에, 몽골피에 기구,[12] 메스메르의 자기 치료법[13]과 함께 발명된 갖가지 물건들, 자기로 만든 목동, 유명한 레루아[14]가 만든 탁상 시계, 조그만 상자, 요요, 부채, 여러 가지 부인용 장난감 등이 놓여 있었다. 게르만은 병풍 뒤로 들어갔다. 병풍 뒤에는 작은 철침대가 놓여 있었다. 오른쪽 문을 열면 서재로 가고 왼쪽 문을 열면 복도로 가는 것이었다. 게르만은 그 문을 열고 불쌍한 양녀의 방으로 가는 좁은 나선형 계단을 보았다……. 그러나 그는 몸을 되돌려 어두운 서재로 들어갔다.

시간은 천천히 갔다. 모든 것이 고요했다. 응접실 시계가 12시를 쳤다. 모든 방에서 서로 잇달아 12시를 쳤고 다시 모든 것이 고요해졌다. 게르만은 차가운 벽난로를 향해 몸을 굽히고 서 있었다. 그는 평온했으며 그의 심장은 무엇인가 위험하지만 필수적인 일을 하기로 결심한 사람처럼 규칙적으로 뛰고 있었다. 시계가 새벽 1시, 2시를 쳤다. 그리고 그는 멀리서

---

12) 몽골피에 형제가 만든 뜨거운 증기를 채운 기구로 1783년 최초로 그들은 그것을 타고 날아 오르는 데 성공했다.
13) 오스트리아 의사 메스메르(1734~1815)가 고안한 치료법으로 동물의 자력을 이용하는 방법이다.
14) 1686~1759. 아버지에 이어 시계를 만든 프랑스의 대가이다.

마차가 오는 소리를 들었다. 어쩔 수 없는 동요가 그를 휩쌌다. 마차가 다가와서 멈춰 섰다. 그는 마차에서 내려진 발판이 삐걱이는 소리를 들었다. 집안이 술렁거렸다.

사람들이 분주히 뛰어다니고 목소리가 울렸으며 집에 불이 켜졌다. 늙은 하녀 세 명이 침실로 뛰어들어왔고 산송장 같은 백작 부인도 걸어 들어와 볼테르식 안락의자[15]에 주저앉았다. 게르만은 문틈으로 살펴보았다. 리자베타 이바노브나가 그의 곁을 지나갔다. 게르만은 계단의 층층을 밟는 그녀의 성급한 발걸음 소리를 들었다. 그의 심장 속에서 양심의 가책 비슷한 것이 울렸으나 곧 잠잠해졌다. 그는 돌처럼 굳어졌다.

거울 앞에서 백작 부인의 옷을 벗기는 일이 시작됐다. 장미로 장식된 모자를 핀을 뽑아 벗기고 금박을 뿌린 가발을 그녀의 흰 까까머리에서 벗겨내었다. 핀들이 그녀 곁에 비오듯 쏟아졌다. 은실로 수놓은 노란 야회복은 그녀의 부어오른 발 주위에 떨어졌다. 게르만은 그녀의 옷차림에 숨겨진 역겨운 비밀의 목격자였다. 마침내 백작 부인은 잠옷과 침대모만 걸치고 있었다. 좀더 나이에 어울리는 이 차림새로 그녀는 덜 끔찍하고 덜 흉물스러워 보였다.

나이 든 사람들이 공통적으로 그렇듯이 백작 부인도 불면증에 시달리고 있었다. 옷을 벗은 그녀는 창가에 있는 볼테르식 안락의자에 앉더니 하녀들을 다 내보냈다. 백작 부인은 온통 누런 얼굴을 오른쪽으로 왼쪽으로 흔들면서 늘어진 입술

---

15) 팔걸이가 높고 푹신한 의자.

을 쫑긋거리고 있었다. 그녀의 흐릿한 두 눈은 머릿속에 전혀 아무 생각이 없다는 것을 보여주고 있었다. 그녀를 보면 늙은 노파의 흔들거림은 그녀의 의사에 의한 것이 아니라 비밀스런 직류 전기의 영향인 것처럼 보였다.

갑자기 이 죽은 듯한 얼굴이 영문을 알 수 없이 변했다. 입술은 쫑긋거리기를 그치고 눈에는 생기가 돌아왔다. 백작 부인 앞에 낯선 남자가 서 있었던 것이다.

"놀라지 마십시오. 제발, 놀라지 마십시오!"

그는 명료하고 나직한 목소리로 말했다.

"당신을 해칠 생각은 없습니다. 당신께 한 가지 은혜를 베풀어달라고 간청하러 왔습니다."

노파는 말없이 그를 바라보았는데 그의 말을 듣지 못한 것 같았다. 게르만은 그녀의 귀가 먹었다고 생각하여 귀에 바짝 대고 같은 말을 반복했다. 노파는 여전히 말이 없었다.

"당신은 제 인생에 행복을 가져다주실 수 있습니다. 그러나 당신은 그것 때문에 값을 치를 필요가 없습니다. 저는 당신이 연달아 확실하게 이길 수 있는 3장의 카드를 알고 있다는 사실을 알고 있습니다……."

게르만은 멈춰 섰다. 백작 부인은 그가 그녀에게서 무엇을 요구하는지 이해한 것처럼 보였다. 그녀는 대답할 말을 찾는 듯했다.

"그건 농담이었소."

그녀는 마침내 말했다.

"맹세코! 그건 농담이었소!"

"어떻게 농담일 수가 있나요?"

게르만은 화가 나서 반박했다.

"당신이 따도록 도와준 차플리츠키를 기억해 보십시오."

백작 부인은 분명 당황한 것 같았다. 그녀의 표정이 강한 심적 동요를 보여주었으나 그녀는 곧 종전의 무감각으로 빠져들었다.

게르만이 계속했다.

"제게 확실한 승리를 보장하는 이 3장의 카드를 지정해 주실 수 있겠습니까?"

백작 부인은 말이 없었다. 게르만은 계속했다.

"누구를 위해서 당신의 비밀을 지켜야 한단 말입니까? 손자들이요? 그들은 그것이 없어도 부자예요. 그들은 도대체 돈의 가치도 몰라요. 당신의 카드 3장으로도 낭비벽이 있는 사람을 도울 수는 없습니다. 아버지의 유산을 지킬 능력이 없는 사람은 어떠한 악마의 노력에도 불구하고 가난 속에 죽게 될 것입니다. 제겐 낭비벽이 없습니다. 저는 돈의 가치를 알고 있습니다. 당신의 카드가 저에게 오면 헛되지 않을 것입니다. 자!……"

그는 말을 멈추고 몸을 떨면서 그녀의 답변을 기다렸다. 백작 부인은 말이 없었다. 게르만은 무릎을 꿇었다.

"한번이라도 당신의 심장이 사랑의 감정을 느낀 적이 있다면, 당신이 사랑의 환희를 기억하신다면, 당신이 갓 태어난 아들의 울음소리를 듣고 한번이라도 미소를 지으신 적이 있다면, 당신의 가슴속에서 한번이라도 인간적인 그 무엇이 고동

친 적이 있다면, 아내로서, 연인으로서, 어머니로서 느끼는 그 감정에 호소하며 당신에게 간청합니다. 이 세상 모든 신성한 것을 두고 당신에게 간청합니다. 제 소청을 거절하지 말아주십시오. 제게 당신의 비밀을 털어놓으십시오! ……무엇 때문에 당신은 그 비밀을 간직하는 겁니까? 아마도 그 비밀은 무서운 죄악, 천국의 상실, 악마와의 약속을 동반하는 것이겠지요? 생각 좀 해보세요. 당신은 늙어버렸고 살 날이 얼마 남지 않았어요. 저는 당신의 죄악을 제 영혼에 짊어질 준비가 되어 있습니다. 제발 비밀만 털어놓으세요. 생각해 보세요. 한 인간의 행복이 당신의 손아귀에 있다는 것을. 저뿐만이 아니라 저의 아이들, 손자들, 증손자들까지도 당신에 대한 기억을 축복하고 당신에 대한 기억을 성물처럼 소중히 할 것입니다."

노파는 한마디도 대답하지 않았다.

게르만은 일어섰다.

"이 늙어빠진 마녀야!"

그는 이를 갈면서 말했다.

"그렇다면 강제로 대답하게 할 테다……."

이 말과 함께 그는 주머니에서 권총을 꺼냈다.

권총을 보고 백작 부인은 두번째로 강렬한 감정을 보였다. 그녀는 고개를 흔들더니 사격을 피하려는 듯 손을 들었다……. 그러고 나서 굴러 떨어져 벌렁 나자빠지더니…… 꼼짝하지 않았다.

"어린애 같은 짓은 그만두시오."

게르만이 그녀의 손을 잡으면서 말했다.

"마지막으로 묻겠소. 내게 당신의 카드 3장을 알려줄 거요? 할 거요, 말 거요?"

백작 부인은 대답하지 않았다. 게르만은 그녀가 죽었음을 알게 되었다.

4

1800년 5월 7일,
아무런 도덕적 규범도 종교도 없는 인간!

7 Mai 1800

Homme sans mœurs et sans religion!

──서신교환

리자베타 이바노브나는 자기 방에서 아직 야회복을 입고 깊은 생각에 잠긴 채 앉아 있었다. 그녀는 집에 도착하자, 마지못해 시중을 들어주겠다는 잠에 취한 하녀를 보내며 혼자 옷을 벗겠다고 말했다. 그리고 자기 방에서 게르만을 보게 될 것을 바라기도 하고 바라지 않기도 하는 마음으로 떨면서 자기 방으로 들어왔다. 첫눈에 그녀는 그가 없다는 것을 알고는 만족해하며 그들의 밀회를 방해한 장애물에 대해 운명에 감사했다. 그녀는 옷을 벗지 않고 앉아서 그토록 짧은 시간에 그녀를 그렇게도 멀리 꾀어낸 모든 상황들을 돌아보게 되었다. 창문으로 젊은이를 처음 본 지 3주가 채 지나기도 전에 편지를 주고받고, 그에게 밤의 밀회까지 허락하게 되었다니! 그녀는 그가 몇몇 편지에 남긴 서명으로만 그의 이름을 알고 있었을 뿐, 사실 이날 저녁까지 그와 이야기한 적도, 그의 목소리를 들은 적도, 그에 대해서 들은 적도 없었다. 이상한 일이야! 그날 저녁 무도회에서 톰스키는 보통은 그에게 애교를 부리던 젊은 공작의 딸 폴리나 ○○○양이 그날따라 그를 나 몰라라 하는 데 심통이 났다. 그래서 그녀에게 마찬가지로 복수하려고 리자베타 이바노브나를 불러서 그녀와 끊임없이 마주르카를 추었다. 그는 내내 그녀의 공병 장교에 대한 관심을 놀려댔고 그는 그녀가 가정할 수 있는 것보다 훨씬 더 많이 알고 있다고 장담했다. 그의 농담들 중 몇 가지는 정말 잘 겨냥된 것이어서 리자베타 이바노브나는 몇 번이나 그가 그녀의 비밀을 알고 있지 않나 생각할 정도였다.

"이 모든 것을 누구한테 들었나요?"

그녀가 웃으며 물었다.

"당신도 아는 인물의 친구한테서요. 매우 훌륭한 사람이지요."

톰스키가 대답했다.

"그 훌륭한 사람이 도대체 누군데요?"

"그의 이름은 게르만이오."

리자베타 이바노브나는 아무 대답도 하지 않았으나 그녀의 손발은 얼음처럼 차가워졌다.

"게르만은 진정으로 낭만적인 인물이오."

톰스키가 계속했다.

"그는 나폴레옹의 프로필과 메피스토텔레스의 심장을 가졌소. 나는 그의 양심에 악이 적어도 셋은 드리워져 있다고 생각해요. 왜 그리 창백해지는 거요!……"

"머리가 아파요…… 게르만, 아니 이름이 뭐라고요? 이름이 뭐든 그 사람이 당신에게 뭐라고 했어요?"

"게르만은 자기 친구에게 매우 불만을 가지고 있소. 그는 자기가 그라면 전혀 다르게 행동하겠다고 말했소…… 난 게르만 자신도 당신을 생각하고 있는 것이라고까지 여기고 있소. 적어도 그는 자기 친구의 사랑 고백에 매우 깊은 관심을 가지고 귀기울이고 있소."

"그런데 어디서 그가 저를 보았나요?"

"아마도 교회에서, 산책할 때…… 누가 알겠소! 아마도 당신 방에서, 당신이 잘 때…… 그는 전혀 알 수 없는 사람이니……."

세 명의 귀부인이 '망각이에요, 후회예요?(Oubli ou regret?)' 하며 춤 상대를 고르라고 청하며[16] 그에게로 다가와 리자베타 이바노브나가 고통스러울 정도로 호기심을 느끼던 대화를 중단시켰다.

---

16) 마주르카를 출 때 또 다른 춤 상대를 정하는 방법이다. 여자들이 각자 어떤 단어를 미리 정해서 춤추고 있는 남자에게 선택권을 준다. 그러면 남자는 자기가 택한 단어의 임자와 춤을 추고 그 여자를 의자에 데려다준 후 원래의 파트너와 춤을 추게 된다.

톰스키가 고르게 된 춤 상대는 바로 공작의 딸 폴리나 ○ ○○ 양이었다. 그녀는 춤이 끝나도 여러 번 그와 손을 맞잡고 추고 자기 의자 앞에서 또 몸을 돌리고 하면서 그와 화해했 다. 되돌아온 톰스키는 이제 더 이상 게르만에 대해서도 리자 베타 이바노브나에 대해서도 생각하지 않았다. 그녀는 중단되 었던 대화를 꼭 다시 시작하고 싶었으나 마주르카는 끝이 났 고 그후 바로 늙은 백작 부인은 그곳을 떠나왔던 것이다.

톰스키의 말은 마주르카를 추며 수다를 떤 것에 불과했지 만 공상하기 좋아하는 아가씨의 머릿속에 깊이 박혔다. 톰스 키가 그린 초상은 그녀 자신이 그려본 바와 일치했다. 최근 소 설들에 나오는 듯한 이 사악한 인간은 그녀를 경악시켰고 동 시에 그녀의 공상을 사로잡았다. 그녀는 장갑을 벗고 팔짱을 낀 채 아직 꽃으로 장식되어 있는 푹 파인 가슴 위로 머리를 숙이고 앉아 있었다. ……갑자기 문이 열렸고 게르만이 들어 왔다. 그녀는 떨기 시작했다…….

"어디 계셨나요?"

그녀는 놀라서 속삭이듯 물었다.

"늙은 백작 부인의 침실이요."

게르만이 대답했다.

"난 방금 그녀에게서 오는 길이오. 백작 부인은 죽었소."

"세상에! 무슨 말을 하는 거예요?"

"그리고 내가 그녀를 죽게 한 것 같소."

게르만이 계속했다.

리자베타 이바노브나는 그를 바라보았다. 이 인간에게는 영혼 속에 적어도 3개의 악이 있다는 톰스키의 말이 그녀의 머릿속에서 울렸다. 게르만은 그녀 옆 창턱에 걸터앉아 모든 것을 말했다.

리자베타 이바노브나는 공포를 느끼며 그의 말을 들었다. 그러니까 그 정열적인 편지들, 그 열정적인 애원, 그 대담하고 집요한 추적, 이 모든 것이 사랑이 아니라니! 돈, 그의 마음이 갈망한 것은 바로 돈이었다니! 그의 욕망을 달래고 그를 행복하게 해줄 수 있는 것은 그녀가 아니었다. 가난한 양녀는 강도의 눈먼 조수, 그녀에게 은혜를 베푼 늙은 여인을 살해한 자의 눈먼 조수에 다름 아니었다! ……그녀는 뒤늦게 고통스러운 후회로 슬피 울었다. 게르만은 말없이 그녀를 바라보고 있었다. 그의 심장도 마찬가지로 찢어졌으나 가난한 처녀의 눈물도 그 슬퍼하는 모습의 놀랄 만한 매력도 그의 모진 마음을 감동시키지는 못했다. 죽은 노파에 대한 생각을 하면서도 그는 양심의 가책을 느끼지 않았다. 오직 자신을 부자로 만들어 주리라 믿었던 비밀을 완전히 놓쳤다는 사실에 경악할 뿐이었다.

"당신은 잔혹한 짐승이에요!"

리자베타 이바노브나가 마침내 말했다.

"난 그녀의 죽음을 원하지는 않았소."

게르만이 대답했다.

"내 권총은 장전되어 있지 않았소."

그들은 아무 말도 하지 않았다.

아침이 왔다. 리자베타 이바노브나는 타들어가는 촛불을

졌다. 희붐한 빛이 그녀의 방을 비추었다. 그녀는 울어서 부은 눈을 비비고 게르만을 바라보았다. 그는 팔짱을 끼고 무섭게 얼굴을 찌푸린 채 창턱에 앉아 있었다. 이런 포즈를 취하니 그는 놀랄 만큼 나폴레옹을 연상시켰다. 리자베타 이바노브나까지 놀랄 정도로 닮은꼴이었다.

"어떻게 집에서 나갈 건가요?"

마침내 리자베타 이바노브나가 물었다.

"저는 당신을 비밀 계단으로 데리고 나가려 생각했었지만 그러려면 침실을 지나가야 해요. 전 무서워요."

"어떻게 비밀 계단을 찾는지 말해 주시오. 나 혼자 나가겠소."

리자베타 이바노브나는 장롱에서 열쇠를 꺼내어 게르만에게 건네주며 자세한 지침을 일러주었다.

게르만은 그녀의 차갑고 무감각한 손을 잡고 숙인 머리에 입을 맞추고는 방을 나갔다.

그는 나선형 계단을 따라 아래로 내려와 다시 한번 백작 부인의 침실로 들어갔다. 죽은 노파는 돌처럼 굳은 채 앉아 있었다. 게르만은 그녀 앞에 멈춰 서서 오랫동안 그녀를 바라보았다. 무서운 진실을 확인하려는 듯이.

마침내 그는 방으로 들어가 병풍 뒤의 문을 더듬어 열쇠로 열고 이상한 흥분을 느끼면서 어두운 계단을 따라 밖으로 나오게 되었다. 그는 생각했다. 바로 이 계단을 따라 아마도 60년쯤 전에 바로 이 침실로 바로 이 시간에 수놓은 재킷을 입고 왕관을 쓴 새 같은 모양으로(à l'oiseau royal) 머리를 빗은 젊은

행운아가 삼각모를 가슴에 누르고 몰래 들어왔겠지. 그는 이미 오래전에 무덤 속에서 썩었을 거야. 늙은 애인의 심장은 오늘에서야 고동을 멈추었는데…….

계단 밑에서 문을 찾아 같은 열쇠로 열자 게르만은 거리로 통하는 복도로 나오게 되었다.

5

> 이날 밤 죽은 공작 부인 B○○○가
> 내 앞에 나타났다. 그녀는
> 온통 하얀 옷을 입고 내게 말했다.
> '안녕하시오, 1등관 양반!'
>
> ——슈베덴보르그[17]

운명의 그날 밤 이후 3일째 되는 날 아침 9시 게르만은 운명한 백작 부인의 시체를 안장하기로 되어 있는 ○○○ 수도원으로 향했다. 후회하지는 않았으나 그래도 '네가 노파의 살인자야!'라고 반복하는 양심의 소리를 완전히 누를 수는 없었다. 진정한 신앙을 거의 모르는 그는 많은 미신들을 믿고 있었다. 그는 죽은 백작 부인이 그의 인생에 해로운 영향을 미칠

---

17) 엠마누엘 슈베덴보르그(1688~1772). 스웨덴의 신비 철학자.

수 있다고 믿었기 때문에 그녀에게 용서를 구하기 위해 그녀의 장례식에 나타나기로 마음먹었다.

교회는 가득 차 있었다. 게르만은 겨우 사람들의 무리를 비집고 들어갔다. 관은 비로드 휘장이 쳐진 고급 관 받침대 위에 놓여 있었다. 그 안에 시신이 팔짱을 낀 양팔을 가슴에 얹고 레이스 모자를 쓰고 하얀 공단 드레스를 입은 채 누워 있었다. 주위에는 그녀의 종복들이 서 있었다. 하인들은 어깨에 문장이 그려진 리본 달린 검은 제복을 입고 손에는 촛불을 들고 서 있었다. 친족들, 자식들, 손자 손녀, 증손들은 깊은 애도에 잠겨 있었다. 아무도 울지 않았다. 눈물을 흘린다면 위선(une affectation)일 것이다. 백작 부인은 너무 늙어서 아무도 그녀의 죽음에 놀라지 않았고 그녀의 친족들은 오래전부터 그녀를 이미 다 산 사람으로 보고 있었다. 젊은 사제가 조사를 읽었다. 소박하고 감동적인 표현으로 그는 오랜 세월 조용하고 평온한 기독교적 임종을 준비했던 정교회 여신도의 평화로운 영면을 고지했다. '성스러운 기도 속에서 한밤의 신랑을 기다리며 깨어 있는 그녀를 죽음의 천사가 데려갔노라'고 달변가는 말했다. 미사는 애도의 의식으로 끝났다. 친족들이 먼저 시신과 작별했다. 그 다음에 그들의 번잡한 오락에 그토록 오래전부터 참여했던 그 여자에게 절하러 온 많은 손님들이 앞으로 움직였다. 그들 다음으로 모든 종복들 차례였다. 마침내 죽은 노파와 동갑내기인 늙은 하녀장이 다가왔다. 젊은 처녀 둘이 그녀의 팔을 부축하고 나왔다. 그녀는 땅바닥에 엎드려 절을 할 힘도 없었지만 자기 여주인의 차가운 손에 입 맞추며 몇 방울의 눈물을 흘린 유일한 여자였다. 게르만은 그녀 다음에 관으로 다가가려고 마음먹었다. 그는 절을 하고 전나무 가지가 뿌려져 있는 차가운 바닥에 몇 분간 엎드려 있었다. 마침내 죽은 여자처럼 창백해져서 몸을 일으키고 관 받침대의 계단으로 올라가 절을 하였다. ……그 순간 죽은 여자가 윙크를 하며 비웃는 표정으로 그를 쳐다보는 것 같았다. 게르만은 황급히 뒤로 물러나다 발을 헛디뎌서 아래로 떨어져 땅에 벌렁 나자빠졌다.

사람들은 그를 일으켜 세웠다. 그 순간 사람들은 기절한 리자베타 이바노브나를 입구로 데리고 나갔다. 이 사건은 몇 분간 침울한 의식의 장엄한 분위기를 흐트러뜨렸다. 방문객들 사이에서 낮은 웅성거림이 일었다. 고인의 가까운 친족인 깡마른 궁정 시종이 자기 옆에 서 있던 영국인의 귀에다 대고 그 젊은 장교는 그녀가 혼외정사로 낳은 아들이라고 속삭였고 영국인은 이에 대해 차갑게 '오우, 그래요?'라고 답했다.

하루 종일 게르만은 극도의 혼란 상태에 있었다. 그는 외딴 음식점에서 저녁을 먹었는데 심적 동요를 잠재우고자 평소와는 달리 술을 매우 많이 마셨다. 그러나 술은 더욱더 그의 상상력에 불을 질렀다. 집으로 돌아가서 그는 옷도 벗지 않은 채 침대에 쓰러져 깊이 잠들었다.

그는 아직 밤인데도 잠에서 깨어났다. 달빛이 그의 방을 비추고 있었다. 그는 시계를 보았다. 3시 15분 전이었다. 잠은 달아났다. 그는 침대에 앉아 늙은 백작 부인의 장례식에 대해 생각하고 있었다.

이때 거리에서 누군가가 창문 너머로 그가 있는 쪽을 바라보다가 순식간에 사라졌다. 게르만은 그 사람에 대해 아무런 주의를 기울이지 않았다.

다음 순간 그는 현관방의 문이 열리는 소리를 들었다. 게르만은 그의 하인이 평소처럼 한밤중에 술을 마시러 돌아다니다가 술에 취해 돌아온 것이라고 생각했다. 그러나 들어본 적 없는 발소리로 누군가가 나직하게 신발 끄는 소리를 내며 걸어왔다. 문이 열리고 하얀 드레스를 입은 여자가 들어왔다. 게르만은 그 여자가 자기의 늙은 유모라고 생각하고 이런 시간에 그녀가 웬일일까 의아해했다. 그러나 미끄러져 들어온 하얀 여인은 어느새 그의 앞에 서 있었다. 그리고 게르만은 그녀가 백작 부인임을 알아보았다!

"나는 오고 싶지 않았는데."

그녀는 확고한 목소리로 말했다.

"네 청을 들어주라는 명령을 받아서 왔어. 3, 7, 1을 차례로 걸면 이길 것이야. 그러나 하루에 카드 1장 이상은 걸지 않아야 하고 그후에는 일생 동안 도박을 하지 말아야 해. 또 네가 내 양녀 리자베타 이바노브나와 결혼한다면 날 죽게 만든 걸 용서해 주겠어……."

이 말과 함께 그녀는 조용히 몸을 돌려 문으로 가서 신발을 끌며 사라졌다. 게르만은 복도의 문이 닫히는 소리를 들었고 누군가가 창문 너머로 그를 바라보는 것을 느꼈다.

게르만은 오랫동안 정신을 차릴 수가 없었다. 그는 다른 방으로 들어갔다. 하인은 바닥에서 자고 있었다. 게르만은 겨우 그를 깨웠다. 하인은 습관대로 취해 있었다. 그에게서는 아무 것도 알아낼 수 없었다. 복도의 문은 잠겨 있었다. 게르만은 자기 방으로 돌아와 촛불을 켜고 자기의 환상을 기록하였다.

6

"카드를 걸지 마!"
"당신 어떻게 내게 감히 '카드를 걸지 마!'라고
말하는 거요?"
"각하, '전 카드를 걸지 마십쇼'라고
했나이다!"

　마치 두 가지 물체가 물리적 세계에서 동일한 장소를 차지 할 수 없듯이 두 가지 움직이지 않는 생각은 도덕적 존재의 본성 속에 동시에 존재할 수 없다. 3, 7, 1은 게르만의 상상 속 에서 곧 죽은 노파의 형상을 덮어버렸다……. 3, 7, 1은 그의 머릿속을 떠나지 않았고 그의 입술에서 계속 맴돌고 있었다. 젊은 처녀를 보면 그는 '아, 얼마나 날씬한가! 진짜 하트 3이 다'라고 말했다. 그에게 누군가가 몇 시냐고 물으면 그는 '5분 모자라는 7일세'라고 대답했다. 모든 뚱뚱한 남자들은 그에게 1을 연상시켰다. 3, 7, 1은 가능한 모든 형상을 취하면서 꿈속 에서도 그를 쫓아다녔다. 3은 그의 앞에서 흐드러진 꽃으로 피어나고, 7은 고딕 양식의 문으로 나타났고, 1은 거대한 거미로 나타났다. 그의 모든 생각은 한곳으로 모여 흘렀는데 그것은 이 비싼 값을 치르고 얻은 비밀을 어떻게 이용할지의 문제였다. 그는 제대와 여행에 대해서 생각하게 되었다. 그는 파리에 있는 공공 도박장에서 황홀한 행운의 여신이 가진 보물을 빼앗아 오고 싶었다. 우연이 그를 이런 번거로운 일에서 벗어나게 해주었다.

모스크바에는 일생을 도박판에서 보냈고 언젠가 주식을 따고 현금을 잃어가며 수백만을 모았던 그 유명한 체칼린스키가 주도하는 부유한 도박꾼들의 모임이 있었다. 오랜 경험으로 그는 친지들의 신뢰를 얻었고, 사람들은 누구든지 환영하는 도박장, 유명한 요리사, 주인의 친절함과 쾌활함을 높이 샀다. 그가 페테르부르크로 왔다. 카드 노름 때문에 무도회를 잊어버리고 여자들을 따라다니는 것보다 파라온 게임의 유혹을 더 강하게 느끼며 청년들은 그에게로 몰려들었다. 나루모프는 게르만을 데리고 그에게 갔다.

그들은 공손한 종업원들로 가득 찬 여러 개의 화려한 방을 지나갔다. 몇몇 장군들과 고관들이 휘스트 게임을 하고 있었다. 젊은이들은 헝겊으로 된 소파에 여기저기 흩어져 앉아서 아이스크림을 먹거나 파이프를 물고 있었다. 20명 가량의 노름꾼들이 몰려 있는 거실의 긴 테이블에 주인이 앉아 은행을 맡고 있었다. 근 60세쯤 된 사람이었는데 지극히 점잖은 외모를 가지고 있었다. 머리는 은발로 덮여 있었고 통통하고 혈색 좋은 얼굴은 선량함을 말해 주었으며, 항상 미소를 띠며 생기가 넘치는 두 눈은 빛나고 있었다. 나루모프는 그에게 게르만을 소개했다. 체칼린스키는 친절하게 그의 손을 잡으며 너무 격식을 차리지 말고 편하게 하라고 말하고는 계속 카드를 늘어놓았다.

판은 오래갔다. 판 위에는 카드가 30장 이상 펼쳐져 있었다. 체칼린스키는 카드를 깔 적마다 노름꾼들이 계산을 하거나 잃은 돈을 적을 시간을 주기 위하여 쉬면서 조심스러운 태도로 그들의 요구를 듣고 더더욱 조심스러운 태도로 부주의로 꺾어진 카드의 귀를 펴곤 했다. 마침내 판이 끝났다. 체칼린스키는 카드를 섞으며 새 판을 벌일 채비를 하였다.

"저도 걸게 해주세요."

게르만이 이미 돈을 건 뚱뚱한 신사 뒤에서 손을 뻗으며 말했다. 체칼린스키는 미소를 짓고 공손히 동의한다는 표시로 말없이 고개를 숙였다. 나루모프는 웃으면서 게르만이 오랜 금욕주의를 청산하는 것을 축하했고 그가 시작을 잘 해내기를 기원했다.

"갑니다!"

분필로 자기 카드 위에 액수를 적으며 게르만이 말했다.

"얼마이십니까?"

은행 담당자는 눈을 찌푸리며 물었다.

"미안합니다만 잘 안 보입니다."

"47,000이오."

게르만이 대답했다.

이 말에 모든 사람의 고개가 순간적으로 돌아갔고 모든 눈동자가 게르만을 향했다. '저 사람이 미쳤군!' 하고 나루모프는 생각했다.

"도박을 너무 세게 하시는군요. 아직까지 275 이상을 건 사람은 하나도 없다는 것을 말씀드려도 될까요?"

변함없이 미소를 지으면서 체칼린스키가 말했다.

"그래서요." 게르만이 반박했다.

"제 카드를 받을 건가요? 말 건가요?"

체칼린스키는 동의의 표시로 마찬가지로 공손하게 고개를 숙였다.

"저는 친지들의 신용을 받는 처지로서 현금으로만 노름을 한다는 사실을 당신께 알려드리고자 했을 뿐입니다."

그가 말했다.

"저로서는 물론 당신의 언약으로 충분합니다만 도박과 계산이 절도 있게 진행되도록 카드 위에 돈을 놓아주십시오."

게르만은 주머니에서 은행권을 꺼내어 체칼린스키에게 주었다. 그는 그것을 재빨리 살펴보고는 게르만의 카드 위에 놓았다.

그는 카드를 내려놓기 시작했다. 오른쪽에 9, 왼쪽에 3이 놓였다.

"내가 이겼소!"

하고 게르만이 자기 카드를 뒤집어 보이며 말했다.

노름꾼들이 웅성거리기 시작했다. 체칼린스키는 미간을 찌푸렸으나 곧 그의 얼굴에 미소가 돌아왔다.

"수령하시겠습니까?"

그가 게르만에게 물었다.

"그렇게 하겠습니다."

체칼린스키는 호주머니에서 몇 장의 은행권을 꺼내어 당장 셈을 치렀다. 게르만은 자기 돈을 받자 노름판에서 물러났다. 나루모프는 정신을 차릴 수가 없었다. 게르만은 레몬수 한 잔을 마시고 집으로 향했다.

다음날 저녁 그는 다시 체칼린스키 앞에 나타났다. 주인은 은행을 열고 있었다. 게르만은 도박 테이블로 다가갔다. 카드를 걸던 사람들이 얼른 그에게 자리를 내주었다. 체칼린스키는 상냥하게 그에게 고개를 숙였다.

게르만은 새 판이 시작될 때까지 기다려 카드를 걸고 그 위에 자기 돈 47,000과 어제 딴 돈을 모두 올려놓았다.

체칼린스키는 카드를 내려놓았다. 잭이 오른쪽에, 7이 왼쪽에 깔렸다. 게르만은 7을 뒤집어 보였다.

모두들 신음했다. 체칼린스키는 분명 당황한 것 같았다. 그는 94,000을 세어서 게르만에게 내주었다. 게르만은 그것을 냉정하게 받아들고 당장 물러났다.

다음날 저녁 게르만이 다시 노름판에 나타났다. 모두들 그를 기다리고 있었다. 장군들과 고관들도 매우 특별한 이 게임을 보려고 자기네 휘스트 게임을 멈추었다. 젊은 장교들은 소파에서 튀어 일어났고 모든 종업원들은 응접실에 모였다. 모두들 게르만을 에워쌌다. 나머지 도박꾼들은 자기 카드를 걸지 않고 초조하게 그가 어떻게 끝나나 기다리고 있었다. 게르만은 창백하지만 여전히 미소를 짓고 있는 체칼린스키를 상대로 하여 혼자만 돈을 걸 태세로 테이블 곁에 서 있었다. 둘 다 새 카드 묶음을 뜯었다. 체칼린스키는 카드를 섞었다. 게르만이 카드를 골라 자기 카드를 걸고 그 위에 은행권 무더기를 쌓았다. 이는 결투와 비슷했다. 깊은 침묵이 주위를 압도하고 있었다.

카드를 내려놓기 시작하는 체칼린스키의 두 손이 떨리고 있었다. 오른쪽에 여왕이, 왼쪽에 1이 놓였다.

"1이 이겼어!"

게르만이 말하고 자기 카드를 뒤집어 보였다.

"댁의 여왕이 죽었군요."

체칼린스키가 상냥하게 말했다.

게르만은 몸을 후두둑 떨었다. 정말로 그가 건 카드는

1이 아니라 스페이드의 여왕이었다. 그는 자기가 어떻게 해서 카드를 잘못 고른 건지 이해할 수가 없어 자기의 눈을 믿지 못했다.

이 순간 스페이드의 여왕이 윙크하며 비웃는 것처럼 여겨졌다. 너무도 닮은꼴이어서 그는 깜짝 놀라지 않을 수 없었다……

"노파다!"

그는 공포에 휩싸여 외쳤다.

체칼린스키는 은행권을 자기에게로 끌어당겼다. 게르만은 꼼짝 않고 서 있었다. 게르만이 테이블에서 물러나자 이야기 소리로 소란스러워졌다.

"멋지게 걸었었는데."

노름꾼들이 말했다. 체칼린스키는 다시 카드를 섞었고 게임은 제 궤도대로 진행되었다.

결말

게르만은 미쳐버렸다. 그는 오부호프 병원 17호실에 앉아 어떤 질문에도 대답하지 않고 유난히도 빠른 속도로 중얼거린다. '3, 7, 1! 3, 7, 여왕!……'

리자베타 이바노브나는 매우 친절한 젊은이에게 시집을 갔다. 그는 어느 부서엔가 복무하며 상당한 재산을 가지고 있다. 그는 예전에 늙은 백작 부인의 집사였던 남자의 아들이다. 리자베타 이바노브나는 가난한 친척을 양녀로 두고 있다.

톰스키는 대위로 진급하였고 공작의 딸 폴리나와 결혼하였다.

작품 해설

삶의 모순성에 보내는 화해의 웃음

1

알렉산드르 세르게예비치 푸시킨은 러시아에서 가장 중요한 작가 중의 하나이다. 그는 시, 소설, 드라마 등 모든 장르에서 근대 러시아 문학의 기초를 마련하고 러시아 문학의 중앙로를 만들어냈다. 그는 러시아 문학이 어떻게 유럽의 고전문학 및 근대문학을 수용하여 정체성을 확립해 가야 할 것인가를 고민하였고, 그에 대한 답을 제시하였다. 이 문제는 또한 서구 문화가 일상 속으로 흘러들기 시작하는 시대적 상황 하에서 러시아인들이 어떻게 살아가야 할 것인가 하는 문제와 직결되는 것이기도 했다. 그의 창작 세계에서 중심을 차지하는, 인간 존재와 역사를 포괄하는 보편적인 의미에서의 정체성에 관한 문제는 이러한 구체적이고 개별적인 문제들에 대한 작가의 사색에서 출발한 것이었다. 일반 러시아인들에게 친근할 뿐만 아니라 러시아 문학인과 사상가들로부터 각별한 사랑을 받아온 푸시킨의 작품들은 이러한 문제에 대한 그의 깊고 넓고 끈질긴 사고의 결과물이라 할 수 있다.

메레주코프스키가 망명지에서 '러시아가 있다는 것을, 또 있으리라는 것을 확신하려면 푸시킨을 상기하면 된다'고 했듯이, 그의 이러한 고민들은 그를 러시아 정신의 대표자가 되게 만들었다. 19~20세기의 많은 작가들, 예를 들어 고골리, 레르몬토프, 네크라소프, 도스토예프스키, 톨스토이, 만델슈탐, 안나 아흐마토바, 파스테르나크, 츠베타예바, 조셴코, 플라토노프, 불가코프, 나보코프 등 이 모든 작가들이 푸시킨을 그들의 스승으로 삼고 작가 수업을 시작하였으며 푸시킨에 대한 이들의 애정은 그들로 하여금 언제 어디서나 러시아 작가로서의 작가 정신을 잃지 않고 글을 쓰게 한 힘이 되었다.

푸시킨이 이러한 의미를 가지게 된 것은 그의 환경, 그의 시대와 직접적인 관련이 있다. 그는 러시아가 타국의 문화를 받아들이면서 자국의 정체성을 찾아가는 시기에 태어났다. 그는 600년의 명성을 자랑하는 유서 깊은 가문의 후손이었으며, 어머니는 표트르 대제가 사랑하던 총신이자 아비시니아(지금의 에티오피아) 영주의 아들인 아브라함 한니발의 손녀였다. 푸시킨은 자신이 귀족 출신이라는 것에 각별한 의미를 부여했는데 이는 귀족층이 그 나라의 문화를 이끌어가는 주체이기 때문이었다. 귀족 문화를 몸으로 익히면서 자란 그는, 귀족 자제의 교육을 담당하는 기숙 학교의 아름다운 건물에서 질 높은 교육을 받았고, 러시아의 민족 문화를 이끌어가야 한다는 엘

리트로서의 소명 의식을 가지고 소년 시절을 보냈다. 그리고 1812년 나폴레옹 전쟁에서 승리한 이후 민족 의식이 고양된 분위기 속에서 조국의 장래에 대해 진지하게 모색하던 귀족 청년들과 교류하며 청년기에 들어섰다.

이 모든 것은 어떻게 러시아인으로서의 정체성을 확립하고 유지해야 할 것인가 하는 작가로서의 고민으로 이어졌다. 민족 문화와 외래 문화, 자국 문화와 타국 문화, 자아와 타자의 대화적 관계, 그리고 이와 관련된 자아 정체성에 대한 탐구는 역사와 기억, 기록에 대한 문제를 포섭하며 그의 창작 세계 한가운데 자리한다. 이는 운문으로 씌어진 대작들인 『예브게니 오네긴』이나 『보리스 고두노프』를 비롯한 그의 모든 작품들이 잘 말해 주고 있다. 그의 작품, 그의 재능과 교양이 시공을 초월하여 빛나는 것은 바로 그의 사색 한가운데 이러한 고민이 자리 잡고 있었기 때문이다. 그는 일생 동안 무지와 질투와 모함에 맞서면서도 끝까지 자신의 중심을 지키며 러시아 작가로서의 자존심을 기념비처럼 세웠다.

2

「고 이반 페트로비치 벨킨의 이야기」(아래 「벨킨 이야기」)는 푸시킨이 완성해서 발표한 첫 소설로 1830년에 씌어진 작품이다. 그해 봄 푸시킨은 약혼을 했는데, 가을에 아버지가 물려준 영지 볼지노를 돌아보러 갔다가 콜레라가 돌아 모스크바로 돌아가지 못한 채 그곳에서 석 달을 머물게 되었다. 그 기간 동안 그는 왕성한 창작 활동을 했으며 이 작품은 그 시기의 주된 결실이다. 「스페이드 여왕」 역시 1833년 볼지노에서 씌어진 작품으로, 두 작품 모두 푸시킨 산문의 중앙에 놓여 있고 러시아 산문의 정점에 있다고 평가받고 있다.

산문 작가로서의 푸시킨은 러시아 땅에서 태어나 자신의 길을 찾으며 살아가는 러시아인의 삶을 간결하고 명확한 말로 기록하는 것을 중요하게 여겼다. 그의 첫 소설 「표트르 대제의 흑인 노예」(미완성)는 외국에서 온 그의 외증조부가 어떻게 러시아에 정착하여 가문을 일으키고 조국의 일원으로 살아갔는지의 문제를 다룬 작품이다. 그리고 그의 마지막 소설 『대위의 딸』 역시 혼란스런 조국의 역사 속에서 인간이 자기를 찾아가는 모습을 다루었다는 사실은 산문 작가로서의 그의 일관된 방향성을 잘 보여준다. 「편지로 된 소설」(미완성), 「고류히노 마을의 역사」(미완성), 『두브로프스키』, 「이집트의 밤」(미완성) 등도 모두 러시아인의 정체성 문제, 나아가 인간의 길 찾기에 관한 문제를 다룬다고 말할 수 있다.

「벨킨 이야기」와 「스페이드 여왕」에서는 러시아의 현실 속에서 방향을 잃고 헤매는 사람들의 모습이 푸시킨의 탁월한 이야기 솜씨로 펼쳐진다. 시인으로 창작을 시작하여 결국 자신의 전 문학적 생애에 걸쳐 시인으로 작품 활동을 했던 푸시킨의 작품답게 그의 산문은 단어를 몹시 아끼면서도 상상치 못할 만큼 풍성한 의미를 담아내고 있다. 이 작품들이 수많은 애독자를 가지고 있고 그들이 매번 이 작품들을 통해 인생을 새롭게 보고 지혜를 얻게 되는 것은 이러한 이유에서일 것이다.

3

「벨킨 이야기」에서 푸시킨은 러시아 현실 속의 다양한 인간들을 등장시켜 그들을 예외적 갈등 상황에 세움으로써 그들의 방황과 길 찾기를 보여준다. 이 작품은 서문 「간행자로부터」에 이어 다섯 개의 독립적인 이야기로 구성되어 있는데 각각의 줄거리는 다음과 같다.

「발사」는 실비오라는 한 남자의 일생에 관한 이야기이다. 그는 군에 있을 때 자기보다 더 멋있어 보이는 젊은 백작을 질투하게 된다. 그래서 그에게 시비를 걸어 결투를 하게 되는데 막상 자기에게 기회가 주어지자 그를 쏘지 못한다. 이후 그는 계속해서 백작을 의식하면서 총 쏘기를 연습한다. 보복의 기회를 노리던 그는 백작을 만나 다시 한번 발사할 기회를 얻게 되는데, 발사하려는 순간 또 쏘지 못하고 결국 전쟁터에서 죽게 된다.

「눈보라」에는 프랑스 소설에 나오는 사랑의 도피를 꿈꾸는 마랴라는 여자가 등장한다. 그녀는 블라지미르라는 남자와 비밀 결혼식을 치를 계획을 세우지만, 현실적인 계산 하에서 치밀하게 결혼식을 준비했던 블라지미르가 결혼식 당일 눈보라 속에서 길을 잃고 만다. 결혼식장에는 엉뚱한 인물 부르민이 나타나게 되는데, 훗날 그녀는 눈보라 속에서 소설 속 인물처럼 행동했던 부르민과 진정한 결혼을 하게 된다.

「장의사」에는 물질적인 탐욕 속에 갇혀 있는 장의사 아드리안이 등장한다. 그는 살아 있는 이웃들보다 죽은 러시아 정교도들과 더 가까운 감정적 유대를 느끼는 러시아인이다. 하루는 이웃에 사는 독일인이 벌인 파티에 갔다가 감정이 상하게 된다. 그는 집으로 돌아와서 죽은 러시아 정교도들을 집들이에 초대하겠다고 말하고 잠이 든다. 그리고 그들과 잔치를 벌이는 꿈을 꾸게 되는데 꿈속에서 그는 자신의 탐욕에 대한 보복을 당하여 죽을 듯한 공포를 맛보고 깨어나 비로소 자신의 삶의 위상을 깨닫고 그 소중함을 느끼게 된다.

「역참지기」에는 딸에게 지나친 집착을 보이는 러시아 시골 역참의 중년 남자 브린이 등장한다. 그는 젊은 기병과 함께 자기 몰래 페테르부르크로 떠난 딸 두냐가 그곳에서 행복하게 지내는 것을 직접 보고도 질투에 눈이 먼 채, 시골 역참에서 그녀가 돌아오기만을 막연히 기다린다. 훗날 두냐는 호화로운 마차를 타고 그의 무덤을 찾아온다.

마지막으로 「귀족 아가씨—농사꾼 처녀」는 전통적인 러시아 관습만을 고수하려는 지주와 러시아에 살면서도 영국 관습만을 좇는 지주 사이의 불화, 그리고 그들의 자식 알렉세이와 리자의 사랑에 얽힌 이야기이다. 상대방에 대한 편견에 사로잡혀 앙숙이 되어버린 아버지들로 인해 불가능해 보이던 젊은이들의 결합은 농촌 처녀의 옷으로 갈아입거나 프랑스 인형처럼 변장을 하는 리자의 기지로 성공하게 된다. 리자는 알렉세이에게 호감을 가지고 신분을 속인 채 만나다가, 결국 결혼에 성공하게 된다.

4

「벨킨 이야기」에서 가장 두드러지는 점은 독특하고 복잡한 서술 구조이다. 푸시킨은 우선 다섯 이야기를 쓴 사람으로 벨킨을 내세우고 있다. 실상 1831년 10월 말 책을 처음 출판했을 때 푸시킨은 자신의 이름을 독자들에게 밝히지 않았다. 그러나 푸시킨이 썼다는 것을 알고 있는 사람들이 많았고 그도 이 사실을 특별히 비밀에 부친 것 같지는 않다. 1831년 8월 15일경 그는 출판인에게 편지를 보내, 서적 상인들로 하여금 그가 소설의 저자라는 것을 독자들이 알아챌 수 있게 해달라고 썼다. 그리고 1834년에는 그의 이름을 밝혀서 출판했다.

작품 첫머리 「간행자로부터」라는 부분에서 간행자는 이야기의 작가 벨킨을 그의 이웃 지주로부터 받은 편지를 통해 소개하면서, 벨킨에게 그 이야기들을 들려주었다는 사람들에 대한 정보도 알려준다. 또 이어지는 다섯 이야기에서는 각각의 이야기마다 벨킨과는 구별되는 화자가 등장하여 인물들에 대해 이야기를 해준다. 간행자, 이웃 지주, 벨킨, 이야기들의 화자, 소설의 인물들은 제각기 그들의 목소리를 갖고 있다. 이러한 시점의 차이는 언뜻 보기에는 단순해 보이는 사건 뒤에 있는 삶의 진상을 독자들에게 지속적으로 일깨워주는 기능을 하게 된다. 그래서 독자는 화자의 이야기를 들으면서 사건에 대해 알게 되지만 점점 화자의 말을 곧이곧대로 믿지 않게 되고 화자의 판단에 대해서 점점 거리를 취하며 이야기의 진상을 재구성하게 된다.

예를 들면 「발사」의 앞부분 화자가 실비오를 소개하는 부분에서 우리는 화자의 말을 따라가면서 실비오를 눈앞에 그리게 되는데, 시간이 갈수록 화자의 말을 신뢰할 수 없게 되고 실비오에 대한 그의 발언의 진실성을 의심하게 된다. 그것은 우리가 화자의 말 속에서 그의 판단의 한계성을 드러내는 작가의 시점을 획득하게 되기 때문이다. 화자는 실비오가 신비하다고 하면서 그러한 판단을 하게 하는 이유로, 그가 군인이 아니면서도 젊은 군인들과 어울린다는 점, 낡은 옷을 입고 말을 타지 않고 항상 걸어다니지만 식사를 대접할 때 술을 많이 준비한다는 점, 사격술이 뛰어나며 그의 일과에서 가장 중요한 일은 사격 연습이라는 점 등을 들고 있다. 여기서 독자는 무언가 석연치 않다고 느끼면서 실비오가 자신의 외국 이름처럼 정체성을 찾지 못하고 갈등 속에서 살아가는 신비로울 것 하나 없는 인간일 뿐이라는 사실을 조금씩 생각하게 된다.

그러고 나서 실비오를 바라보면, 그는 나이는 먹고 할 일은 없어 젊은 사람들에게 잘난 척이나 하며 술과 사격 연습, 카드놀이 등으로 시간을 죽이며 공허하게 살아가는 사람이라는 것이 눈에 띈다. 그러나 화자는 이러한 사실을 전혀 알지 못한 채, 실비오가 결투에 대해 말하기 싫어하는 것은 그가 그저 자신의 비상한 사격술 때문에 누군가를 죽게 한 것을 가슴 아파하기 때문이라는 둥, 외모만 봐도 비겁함이라고는 전혀 없음을 알 수 있는 사람들이 있는 법이라는 둥 하는 식으로 자신의 한계를 드러낸다. 독자는 화자의 사고의 지평이 좁다는 것을 확신하게 되며 실비오에 대한 그의 말을 점점 더 비판적으로 생각하면서 들을 태세가 된다. 그렇게 작품을 읽으면 모든 것을 화자의 말대로가 아니라 독자 나름의 판단에 따라 바라보게 된다.

그리하여 작품을 다 읽고 난 후 독자 앞에 서 있는 사람은 정체성을 찾지 못하고 부유하다가 자신의 실체를 자각했을 때 패배자로서 죽음을 향하는 한 불행한 인간이다.

「역참지기」에서도 작가와 화자 사이의 관계는 마찬가지이다. 작가가 화자로부터 거리를 취하고 있다는 것은 작품의 초반부에서부터 감지된다. 화자는 소설의 초두에 역참지기 계층에 대해 지극히 동정적인 태도를 보이면서 그들의 고생스러운 처지에 대해 이야기한다. 그는 역참지기가 비가 오면 빗속으로 진창 속으로 이 마당 저 마당을 뛰어 다니며 마구를 챙겨야 하는 무척 불쌍한 사람이라고 말한다. 여기서 독자는 그가 역참지기가 마땅히 해야 하는 일에 대해 너무 동정적으로 말하는 것이 아닌가, 그의 태도가 너무 치우친 것은 아닌가 하는 생각을 하게 된다. 인생은 결국 관등순으로 흘러간다고 하는 말이나 소설 출판 계획에 대해 자랑스레 하는 말을 들으면서 독자는 점점 그의 가치관 및 삶의 모습에 관심을 가지게 되며 그가 소설을 써보려는 범속한 아마추어에 불과하다는 것을 알게 된다.

화자의 말에 거리를 두면서 사건의 진상을 파악하며 읽은 후 독자가 만나게 되는 인물은, 복잡하고 모순적인 삶 속에서 자기 자신 안에 갇혀 세상을 제대로 바라보지 못하고 자신이 갈 길을 찾지 못한 채 죽어간 불행한 인간 브린이다.

　「눈보라」에서는 화자가 뚜렷한 인물로 드러나지 않은 채, 소설의 앞부분에서는 작가에 근접한 시각으로 인물들을 위에서 내려다보며 평가하고 있다. 그러나 소설이 진행됨에 따라 우리는 그 역시 작가가 보는 것 중 상당 부분을 보지 못한다는 것을 느끼게 되며 그의 말이 전부라고 생각할 수는 없다는 것을 알고 긴장하게 된다. 화자가 블라지미르와 마랴가 사귀게 되는 장면을 이야기할 때 화자는 벨킨에 근접하는 우월한 시점을 취하고 있으며 우리는 그의 이야기에 빠져들게 된다. 프랑스 소설로 교육을 받았으니 당연히 기구한 사랑을 해야겠다고 생각하는 마랴 가브릴로브나, 그녀가 사랑의 대상으로 선택한 블라지미르가 비밀 결혼이라는 생각을 떠올렸고 그것이 마랴의 소설적인 상상력을 만족시켰다고 말할 때, 우리는 두 인물에 대한 화자의 객관적 시점을 느끼게 되고 소설적인 공상을 현실에 옮기려는 마랴의 무모한 용기와 시골 영지에서 휴가중인 맥없는 러시아 소위 블라지미르의 현실적인 속셈을 간파하게 된다. 우리는 어떻게 해서라도 자신의 정체성을 확립하려고 안간힘을 쓰며 실제로 낭만적이지 않은 남자를 낭만주의 소설의 주인공으로 상상하고 사랑한다고 여기는 마랴, 실리적 계산을 하며 소설에 나올 법한 달콤한 말로 마랴를 유혹하는 블라지미르에 대해 알게 되며 이들의 갈등과 이들 내

부의 갈등이 예고되는 것을 느끼게 된다.

그러나 그 뒤에 계속되는 화자의 말만 가지고는 우리는 사건의 진상을 완전히 파악할 수 없다. 예를 들어 마랴가 동의한 블라지미르의 계획에 대해 화자가 하는 말에서 또 마랴가 떠나기 전 친구와 부모에게 긴 편지를 쓰며 슬퍼하는 것을 묘사한 부분에서 우리는 화자가 인물을 보는 시점이 작가와 같은 것인지에 대해 다시 한번 생각해 보게 된다. 또 블라지미르가 러시아 들판에 몰아치는 눈보라 속에서 헤매고 이후 그가 부모님의 허락에도 불구하고 전장으로 가버리는 데서 우리는 사건의 진상을 파악하는 데 화자의 도움을 받을 수 없다. 화자는 블라지미르가 비밀 결혼식 사건 이후 마랴의 집에 오지 않는 이유를 부모의 냉대 때문이라고 말하고 있기 때문이다. 한편 뒷부분에서 화자는 블라지미르에 대한 마랴의 추억이 신성한 것 같다며 마랴를 슬픈 정절을 간직한 여자로 표현하는데 이는 독자로 하여금 그를 더더욱 불신하게 만든다. 결혼식 이후 마랴가 그리워하는 사람이 그녀가 실망을 느낀 블라지미르가 아니라 그녀와 결혼하고 떠나버린 소설의 주인공 같은 남자 부르민이라는 점은 작가가 독자에게 화자 몰래 행하는 윙크인 셈이다. 둘의, 특히 프랑스 소설을 통해 정체성을 확립하려는 마랴의 무모하리만큼 용기 있는 노력이 죽을 고비를 넘길 정도의 병, 긴 그리움의 과정, 그리고 쓰디쓴 인내와 후회를 거치고 나서 결국 아름답게 열매를 맺게 된다는 것을 작가는 미리 내다보고 있었던 것이다.

「장의사」, 「귀족 아가씨—농촌 처녀」의 경우에는 벨킨에 가장 근접한 화자가 등장한다. 러시아 정교도인 장의사의 의식을 지배하는 도착성이나 리자와 알렉세이의 상황적 모순이 결국 해결되리라는 작가의 메시지는 화자가 자신도 모르고 하는 말 속에 여기저기 숨어 있다. 「귀족 아가씨—농촌 처녀」 앞부분에서 알렉세이의 연애 편지가 아쿨리나라는 이름을 가진 여자를 통하여 사랑하는 여인에게로 가도록 되어 있는 부분이나 알렉세이와 리자의 관계의 성격을 잘 드러내주는 리자의 발에 대한 언급을 그 예로 들 수 있겠다. 알렉세이를 처음 만나러 갈 때 리자는 다른 것은 완벽하게 아쿨리나처럼 꾸몄지만 신발만은 트로핌이 특별히 만들어준 알록달록한 짚신을 신는다. 또한 리자가 프랑스 인형처럼 괴상망측하게 치장을 하고 알렉세이 앞에 나타났을 때, 일부러 살짝 드러낸 작은 발만은 알렉세이의 마음에 들게 된다. 결국 알렉세이가 좋아한 것은 어떤 모습을 했건 리자의 발이었고 그 발을 가진 여자를 운명적으로 사랑하게 되었던 것이다.

5

작가 벨킨은 인물들이나 화자보다 높은 위치에서 객관적인 거리를 가지고 그들의 삶을 총체적으로 제시한다. 복잡하고 모순적인 삶, 그리고 그것에 대처하는 인간들의 모습을 그리면서 벨킨은 불행한 사람을 보거나 행복한 사람을 보거나 웃음을 잃지 않는데, 이 웃음은 독자에게 감염된다. 그 자신이

웃으면서 우리를 웃게 하는 상황은 크게 두 가지로 나눌 수 있다. 하나는 아이러니와 연관된 웃음, 즉 삶의 부조리와 모순성을 관찰하고 인식하는 과정에서 나오는 웃음이고, 다른 하나는 유머와 연관된 웃음, 즉 인물들의 생각이나 행동이 흐뭇한 미소를 띠게 하여 부조리한 삶과 화해하며 짓는 웃음이다.

예를 들어 「발사」에서 실비오가 '쿠즈카, 총' 하며 큰일이나 되듯이 소란을 떨며 파리를 죽이는 모습에서 드러나는 그의 공허한 삶과 이상 심리를 볼 때, 실비오의 집에서 새로 부임한 장교가 실수를 한 다음날 그에게 아직 안 죽었느냐고 묻는 이들의 말에 불합리함을 느낄 때, 그리고 「눈보라」에서 마랴 가브릴로브나가 집을 떠나기 전날 밤에 쓴 편지들을 두 개의 불타는 심장이 그려진 툴라의 봉인으로 봉하는 모습에서 드러나는 삶과 소설을 혼동하는 마리아의 미성숙함을 접할 때, 그리고 그것을 이용하려는 블라지미르의 교활함을 볼 때 유발되는 웃음은 아이러니와 관련된 웃음의 예가 될 수 있을 것이다.

위의 웃음과는 성격을 달리하는 흐뭇한 미소를 짓게 되는 경우가 있다. 예를 들자면 「눈보라」에서 '운명은 말을 타고도 돌아갈 수 없다'는 러시아 속담을 생각하고 결혼을 허락하는 마랴의 부모를 볼 때, 그리고 부르민이 교회에서 결혼식을 할 때 그녀가 예뻐 보였다고 하는 말에서 느껴지는 그들의 건강한 삶의 태도를 접할 때 우리는 흐뭇하게 미소 짓게 된다. 소설의 말미에서는 부르민에게 사랑의 고백을 받아내려는 마랴의 전략이나 부르민이 마랴의 약점을 찌르면서 그녀에게 자신의 내면을 고백하며 자신을 받아주기를 희망하는 부분에서 미소를 짓게 되는데 둘의 대화에서 각자가 상황을 자기에게 유리하게 이끌고 가려는 투지가 보이기 때문이다. 삶을 개척하고 문제를 적극적으로 해결하려는 그들의 의지가 우리를 흐뭇하게 만들고 있는 것이다. 「귀족 아가씨——농사꾼 처녀」에서도 정체가 탄로 날까 봐 걱정을 하면서도 그를 시험해 보고 싶은 마음에 알렉세이 앞에 분칠을 한 채 나타나고, 가난한 농촌 처녀의 모습을 한 자신의 발아래 엎드리는 알렉세이를 보고 싶은 욕망을 느끼는 리자에게서도, 한 여자로서 신분에 관계없이 사랑의 승리를 꿈꾸는 건강한 삶에 대한 투지와 용기를 엿볼 수 있어 미소 짓게 된다.

이처럼 푸시킨의 분신인 벨킨은 여러 인물들을 통해 드러나는 인간의 행동과 사고의 편협함, 공허함, 교활함, 불합리성, 미성숙을 보면서 지적이고 냉철하며 신랄한 웃음을 보내기도 하고, 복잡하고 모순적인 삶 속에서도 건강한 감정을 유지하는 데 대한 찬탄으로서, 삶의 모순성에 보내는 화해로서 웃음을 보내기도 한다. 이 웃음은 푸시킨이 궁극적으로 지향하는 바라고 여겨진다. 이는 모순적이고 불합리하고 복잡한 현실을 보는 따뜻한 이해가 담긴 웃음인 것이다.

6

「스페이드 여왕」에서는 단어, 숫자, 음운, 문장 구조, 단락

구조 등 여러 가지 언어 요소들이 눈에 띄게 반복된다. 반복되는 언어 요소들을 중심으로 단어나 문장들은 인과적 관계나 문법적 관계 밖에서 서로 이리저리 연결되어 풍성한 의미를 만들어낸다. 이 작품에서는 러시아에 새로이 부상하고 있던 출세와 돈에 집착하는 인간형에 속하는 인물 게르만과 그를 둘러싼 공허하고 황폐한 일상이 그러한 시적 구성에 의해 보석처럼 정교하게 형상화되어 있다.

게르만은 「벨킨 이야기」에서 볼 수 있는 정체성을 찾지 못한 채 부자유스럽게 살아가는 인간(실비오나 블라지미르, 삼손 브린)의 또다른 유형이라고 볼 수 있다. 그는 타인을 배려할 줄도 사랑할 줄도 모르고 오직 자신의 목적을 이루는 데만 눈이 멀어 있는 계산적인 인간이다. 그의 미성숙함은 여러 가지 면에서 드러나는데 그는 타인의 참말과 거짓말을 구분하지 못할 뿐만 아니라 자신의 참말과 거짓말도, 과거와 현재도, 심지어 산 사람과 죽은 사람도 구분하지 못한다. 책 속에 나온 남의 말과 행동을 맥락 없이 모방하여 자기의 원칙으로 삼는가 하면, 자신의 제한된 사고 안에 갇혀 현실을 보지 못하고, 환상처럼 불가사의한 모습으로 다가오는 차가운 현실 앞에선 무기력한 어린아이와 다름없다. 푸시킨은 이러한 미성숙한 인간 게르만을 매우 냉정하게 그리고 있다. 같은 계층에 속하는 폴리나 양과 관례적으로 결혼을 하고 진급도 하게 되는 톰스키, 한때의 눈먼 정열에서 벗어나 결혼하게 되는 리자와 달리 게르만은 미쳐버리고 만다. 「벨킨 이야기」의 실비오나 블라지미르가 명분 있는 전쟁에서 전사한 반면, 게르만은 정신병원에 갇힌 채 끝없이 고통받는다. 죽음보다도 가혹한 형벌을 받은 게르만을 보며 독자들은 연민과 공포를 느끼게 된다. 푸시킨은 이러한 미성숙의 문제를 게르만을 둘러싼 다른 인물들에게서도 찾아내고 이를 보편적인 인간의 문제로 확장시킨다. 그리하여 독자는 결국 게르만을 통해 정체성을 찾지 못하고 헤매는 자신의 모습을 보게 된다.

최선

작가 연보

1799년   5월 26일(현재의 달력으로 6월 6일) 모스크바에서 600년 전통을 자랑하는 러시아 귀족 가문의 장남으로 태어남.

1811년   6년 동안 차르스코예 셀로에 있는 귀족 자제를 위한 기숙 학교에 다님. 세계 여러 나라의 문학 작품을 접하고 여러 작품들을 모방하면서 자신의 창작 스타일을 모색함.

1814년   서정시를 발표하기 시작.

1817년   페테르부르크에서 외무성 관리로 근무 시작. 사랑, 자유, 쾌락이 삶과 문학의 주제였음.

1820년   러시아의 옛날 이야기를 개작한 서사시 『루슬란과 루드밀라』를 발표.

황제에 대해 비판적인 시를 썼다는 이유로 좌천당해

남부로 가게 됨.

1821년~1823년　바이런을 읽음. 문화의 충돌, 가치관의 충돌, 자
아 찾기 등을 주제로 하는 서사시「카프카즈의 포로」
를 비롯하여「바흐치사라이의 분수」,「도적형제」,「집
시」,「가브릴리아다」를 씀.

1823년　키슈노프에서 운문 소설『예브게니 오네긴』집필 시작.
오제사로 옮겨 보론초프 장군 밑에서 일함.

1824년　8월 북부 미하일로프스코예로 유배.「집시」완성.

1825년　서정시집 출판. 러시아 역사에 대한 관심, 셰익스피어
의 영향이 두드러짐. 운문 드라마『보리스 고두노프』,
서사시「눌린 백작」을 통해 러시아의 과거와 현재에 대
해 탐구함. 서정시「삶이 그대를 속일지라도」,「……에
게」등 주옥 같은 서사시를 씀.

1826년　8월 사면받아 모스크바로 돌아옴.

1827년　소설「표트르 대제의 흑인」(미완성)을 씀.

1828년　표트르 대제에 대한 서사시「폴타바」완성.

1829년　당대의 길 잃은 상류층 사람들의 내면 세계를 묘사한
「편지로 된 소설」(미완성)을 씀.

1830년　볼지노에서『예브게니 오네긴』,『고 이반 페트로비치
벨킨의 이야기』를 씀. 러시아 문학의 길에 대한 사색을
담은 서사시「콜롬나의 작은 집」, 소설「고류히노 마을
의 역사」(미완성), 정체성과 죽음의 관계에 대한 사색
을 담은 4편의 운문 소비극(小悲劇)「인색한 기사」,「모
차르트와 살리에리」,「석상 손님」,「페스트 속의 향연」

을 씀.

1831년 2월 나탈리아 니콜라예브나와 결혼. 조국의 현실에 대한 혐오와 조국애 사이에서 갈등하는 여인을 주제로 삼은 단편 「로슬라블레프」를 씀.

1833년 귀족 출신 도적을 다룬 소설 『두브로프스키』, 『푸가초프 반란사』, 「스페이드 여왕」, 역사에 대한 사색을 담은 서사시 「안젤로」, 「청동기사」를 씀.

1834년 정체성 상실과 파멸에 대한 사색을 담은 우화시 「황금 수탉 이야기」를 씀.

1835년 예술가의 정체성의 문제를 다룬 소설 「이집트의 밤」(미완성)을 씀.

1836년 소설 『대위의 딸』, 문학 잡지 《동시대인》 발간.

1837년 1월 29일 네덜란드 공사의 양아들인 프랑스인 당테스와 자기 아내 사이에 염문이 퍼지자 그와 결투하여 치명상을 입고 사망.

세계문학전집 **62**

벨킨 이야기·스페이드 여왕

1판 1쇄 펴냄 2002년 4월 20일
1판 39쇄 펴냄 2024년 6월 11일

지은이 알렉산드르 푸슈킨
옮긴이 최선
발행인 박근섭, 박상준
펴낸곳 (주)민음사

출판등록 1966. 5. 19. (제 16-490호)
서울특별시 강남구 도산대로1길 62(신사동) 강남출판문화센터 5층 (우편번호 06027)
대표전화 02-515-2000 팩시밀리 02-515-2007
www.minumsa.com

ISBN 978-89-374-6062-3 04800
ISBN 978-89-374-6000-5 (세트)

* 잘못 만들어진 책은 구입처에서 교환해 드립니다.

민음사　세계문학전집

세계문학전집 목록

세계문학전집은 계속 간행됩니다.